Kim Ji-young, nacida en 1982

Cho Nam-joo

Kim Ji-young, nacida en 1982

Traducción del coreano de Joo Hasun

Título original: 82년생 김지영 *(Palsip Yi Nyeon Saeng Kim Jiyeong)*
Primera edición en castellano: septiembre de 2019
Novena reimpresión: marzo de 2024

© 2016, Cho Nam-joo (조남주)
Publicado originalmente por Minumsa Publishing Co., Ltd., Seúl.
Cho Nam-joo c/o Minumsa Publishing Co., Ltd., en colaboración con The Grayhawk Agency Ltd.
y a través de International Editors' Co.
© 2019, Penguin Random House Grupo Editorial, S. A. U.
Travessera de Gràcia, 47-49. 08021 Barcelona
© 2019, Joo Hasun, por la traducción

Este libro ha sido publicado con la ayuda de Literature Translation Institute of Korea (LTI Korea)

© Diseño: Penguin Random House Grupo Editorial, inspirado en un diseño original de Enric Satué

Printed in Spain – Impreso en España

ISBN: 978-84-204-3792-7
Depósito legal: B-15177-2019

Compuesto en MT Color & Diseño, S. L.
Impreso en Limpergraf, Barberà del Vallès (Barcelona)

AL3792B

Índice

Otoño de 2015

Kim Ji-young tiene treinta y tres años. Se casó cuando tenía treinta y tuvo una hija hace un año. Vive de alquiler en un apartamento de unos ochenta metros cuadrados, dentro de un megacomplejo de edificios residenciales de la periferia de Seúl, con su marido, Jeong Dae-hyeon, que tiene tres años más que ella, y su hija, Jeong Ji-won. Él trabaja en una empresa tecnológica no muy grande y ella renunció al empleo que tenía en una pequeña agencia de relaciones públicas cuando dio a luz. Él vuelve del trabajo casi a medianoche, e incluso acude a la oficina los fines de semana, en sábado o en domingo. Ella se encarga de cuidar a su hija, sin nadie que la ayude, porque sus suegros viven en Busan y sus padres llevan un restaurante. La niña, desde que cumpliese un año el verano anterior, acude a la guardería que está en la primera planta del edificio donde viven y se queda allí toda la mañana.

El día en que Kim Ji-young mostró por primera vez una conducta anormal fue el 8 de septiembre. Su marido recuerda la fecha exacta porque era *baekno**. Ese día, él estaba desayunando unas tostadas y leche cuando de repente ella fue hacia el balcón y abrió la ventana. Había suficiente sol, pero la ventana abierta dejó entrar el aire frío hasta el

---

* Es la decimoquinta de las veinticuatro divisiones del año que tradicionalmente se usan en Corea. Coincide con el comienzo del otoño. El término *baekno* significa literalmente «rocío blanco» e indica que en esa época del año la temperatura nocturna desciende por debajo del punto de rocío. *(N. de la T.)*

comedor. Entonces volvió a la mesa encogiendo los hombros, se sentó y dijo:

—Me pareció que estos días había un viento frío por las mañanas, y hoy ya es *baekno*. Los arrozales dorados deben de estar cubiertos de rocío.

Jeong Dae-hyeon pensó que su esposa hablaba como una anciana y se rio.

—¿Qué te pasa? Suenas igual que tu madre.

—Yerno, llévate siempre una chaqueta, que por las mañanas y por las noches refresca.

Incluso entonces creyó que su mujer estaba bromeando. Le recordaba mucho a su suegra, quien al pedirle un favor o darle consejos guiñaba siempre el ojo derecho, o alargaba la «o» al llamarlo «yerno». Aunque últimamente tenía con frecuencia la mirada perdida o lloraba mientras escuchaba música, quizá por lo agotada que estaba de cuidar a la niña, su mujer era en esencia una persona alegre y jovial que a menudo imitaba a personajes cómicos de la tele y lo hacía reír. De manera que no le dio importancia y la abrazó antes de irse a trabajar.

Esa noche, cuando regresó a casa, su mujer y su hija dormían acostadas una al lado de la otra. Ambas se estaban chupando el dedo pulgar. Las miró un buen rato, sintiendo ternura y perplejidad al mismo tiempo, hasta que tiró suavemente del brazo de su esposa para retirarle el pulgar de la boca. Ella sacó la punta de la lengua y se lamió los labios como un bebé, pero siguió durmiendo.

Días después, Kim Ji-young dijo de sí misma que era Cha Seung-yeon, una compañera de la universidad que había fallecido un año antes. Esa amiga había comenzado los estudios el mismo año que su marido, o sea, tres antes que ella. En realidad, aunque la pareja había asistido al mismo centro universitario y formado parte del mismo club de senderismo, Kim Ji-young y su marido no habían coincidido en la época en que eran estudiantes. Jeong Dae-hyeon quería seguir estudiando después de obtener la licenciatura, pero se resignó ante la situación económica de su familia y decidió realizar el servicio militar obligatorio al terminar el tercer año de carrera. Tras finalizar el servicio militar, interrumpió los estudios durante un año para quedarse en casa de sus padres en Busan y trabajar. Fue entonces cuando ella ingresó en la universidad y se apuntó al club de senderismo.

Kim Ji-young se hizo amiga de Cha Seung-yeon —siempre atenta con las compañeras menores que ella— debido en parte a que ninguna de las dos tenía en realidad afición por el senderismo. Incluso siguieron viéndose después de graduarse. Kim Ji-young y su marido se conocieron precisamente en la boda de esa amiga común. Cha Seung-yeon murió a causa de una embolia de líquido amniótico al dar a luz a su segundo bebé. El hecho afectó seriamente a Kim Ji-young, que para colmo padecía en aquella época una depresión posparto que dificultaba su vida diaria.

Cuando, tras acostar a la niña, se sentaron juntos a la mesa por primera vez en mucho tiempo, después de acabarse la primera lata de cerveza, Kim Ji-young tocó de repente el hombro de su marido y le dijo:

—Oye, tu esposa, Ji-young, debe de estar pasando por un mal momento. Es probable que se esté recuperando físicamente, pero siente una presión emocional tremenda. Dile que lo está haciendo muy bien, que entiendes lo duro que es ser madre. Dale las gracias más a menudo.

—¿Qué te pasa? —le preguntó Dae-hyeon—. ¿Estás teniendo algún tipo de experiencia extracorporal? Ay, sí, vale. Lo estás haciendo todo muy bien, Ji-young. Entiendo que debe de ser duro para ti. Y te lo agradezco. Te quiero.

Pellizcó suavemente el cachete de su mujer en un gesto de cariño. Sin embargo, ella se puso seria y golpeó la mano de su marido para alejarla de su mejilla.

—¡Oye, tú! ¿Todavía te crees que soy la Seung-yeon que se te declaró temblando aquel verano?

Jeong Dae-hyeon se quedó petrificado. Su mujer se refería a un hecho de hacía casi veinte años. Un hecho que había tenido lugar una tarde de sol radiante en pleno verano, en mitad de un campo de deportes, en el que no había la más mínima sombra, ni siquiera del tamaño de una palma. No recordaba cómo había llegado al lugar, tan solo que se topó allí casualmente con Cha Seung-yeon y ella se le declaró. Le confesó su amor sudando, con labios temblorosos y entre titubeos. Pero en seguida advirtió que él se sentía incómodo y se resignó.

—Ah, que no te gusto. Entiendo. Olvidemos lo que acaba de suceder. Nada de esto ha pasado. Volveré a tratarte igual que antes.

A continuación cruzó en diagonal el campo de deportes, con paso firme, y desapareció. Desde ese día la muchacha se comportó como si nada hubiese ocurrido y él acabó por pensar que quizá no había sido más que una alucinación provocada por el exceso de calor. El caso es que en absoluto recordaba la anécdota, y ahora su mujer estaba hablando de ello, de algo sucedido veinte años atrás durante una tarde soleada y que solo él y la difunta amiga sabían.

—Ji-young...

No pudo decir más. Pronunció su nombre unas tres veces seguidas.

—Oye, tío. Sé que eres un buen marido, pero deja ya de nombrar a tu mujer.

Esa era la forma de hablar de Cha Seung-yeon cuando estaba ebria: «Oye, tío». A Jeong Dae-hyeon se le pusieron los pelos de punta y sintió una especie de picor en el cuero cabelludo. Le pidió varias veces a su mujer que no bromeara, al tiempo que fingía serenidad. Ella dejó la lata de cerveza sobre la mesa, entró en el cuarto sin siquiera cepillarse los dientes para acostarse junto a su hija y cayó de inmediato en un sueño profundo. Mientras tanto, él sacó otra lata de cerveza de la nevera y se la bebió de una sentada. ¿Había sido una broma? ¿Estaría borracha? ¿O sería un caso de posesión, como los que salían en la tele?

A la mañana siguiente, Kim Ji-young se levantó frotándose las sienes. Parecía no recordar nada de lo sucedido la noche anterior. Su marido concluyó que el culpable habría sido el exceso de alcohol y se sintió aliviado. Eso sí, pensar en esa supuesta borrachera terrible le dio escalofríos. En realidad, no se podía creer que su mujer se hubiera puesto como una cuba y hubiera sufrido una laguna mental. Tan solo se había bebido una cerveza, pensaba.

Los extraños síntomas continuaron. Kim Ji-young empezó a enviar mensajes llenos de emoticonos cursis, cosa que por lo general no hacía, y a preparar platos como caldo de huesos o fideos con verduras sazonados con salsa de soja, azúcar y aceite de sésamo, que ni eran sus propias recetas ni le gustaban. Así, Jeong Dae-hyeon la veía cada vez más como a una desconocida. Ya no era la misma mujer con quien había vivido dos años de apasionado noviazgo y otros tres de matrimonio, ni la persona con la que había compartido conversaciones incontables como gotas de lluvia y caricias tan suaves como la nieve, ni la madre de su hija, que se parecía a ella y a él por igual. Por mucho que se esforzaba, no la veía de la misma manera.

La bomba explotó cuando fueron a casa de los suegros por *Chuseok**. Jeong Dae-hyeon pidió el viernes libre y la familia salió en coche a las siete de la mañana para llegar a Busan en cinco horas. Nada más llegar, comieron con los suegros y él, cansado de conducir durante tantas horas, se echó una siesta. Antes, cuando hacían esos viajes largos, la

---

* Una de las mayores festividades de Corea, que coincide con el 15 de agosto según el calendario lunar. En el calendario gregoriano, cae generalmente en septiembre o, a más tardar, a comienzos de octubre. *(N. de la T.)*

pareja se turnaba para conducir. Pero desde el nacimiento de su hija él se encargaba del coche mientras su mujer atendía a la niña, que lloraba y se irritaba en esos trayectos, como si no soportara permanecer inmóvil en el asiento para niños. La madre la entretenía, le daba de comer y calmaba sus pataletas.

Después de lavar los platos, Kim Ji-young se tomó un café y descansó un rato. Luego fue al mercado con su suegra para comprar lo necesario para la comida de *Chuseok*. Por la noche preparó el caldo de huesos, marinó la carne, limpió las verduras, unas para hervir y sazonar y otras para guardar en el congelador y reservó otras para cocinarlas con marisco en tortillas y frituras. También sirvió la cena, comió, recogió la mesa y lavó los platos.

Al día siguiente, Kim Ji-young y su suegra estuvieron toda la jornada trabajando en los preparativos. Hicieron las tortillas, frieron el marisco, guisaron la carne marinada, amasaron pasteles de arroz rellenos típicos de *Chuseok* y, al mismo tiempo, sirvieron el desayuno, el almuerzo y la cena. La familia pasó momentos agradables compartiendo la comida recién hecha. La niña se ganó el amor de sus abuelos al mostrarse cariñosa y abrazarlos sin timidez.

El tercer día en casa de los suegros era *Chuseok,* pero a pesar de la festividad no había demasiado ajetreo, porque de la ceremonia tradicional en honor a los ancestros se encargaba un primo que vivía en Seúl. Toda la familia durmió hasta tarde. Desayunaron parte de los platos preparados el día anterior y, cuando estaban terminando de limpiar, llegó la familia de su cuñada Su-hyeon, dos años menor que su marido y un año mayor que ella. Su cuñada vivía en Busan con su marido y sus dos hijos, al igual que sus suegros. Como el suegro de Su-hyeon era el primogénito de la familia, ella se estresaba muchísimo durante las fiestas por la gran cantidad de comida que había que preparar para recibir a tantos invitados. Por eso, cuando llegó a casa de sus padres, cayó muerta de cansancio. Entonces, Kim

Ji-young y su suegra prepararon una sopa de malanga a base de caldo de huesos, arroz, guarniciones de verduras y pescado frito para el almuerzo.

Después de la comida y de recoger la mesa, la cuñada de Kim Ji-young desplegó una variedad de vestidos multicolores, horquillas, calcetines con encajes y un tutú para su sobrina. Ella misma adornó el pelo de la niña con una horquilla y le puso los calcetines, al tiempo que aseguraba que ella también deseaba tener una hija y que las hijas eran lo mejor. Mientras tanto, Kim Ji-young peló y cortó una manzana y una pera, pero todos dijeron estar llenos y nadie las tocó. Después les ofreció *songpyon,* los pasteles de arroz típicos de la fiesta, y solo su cuñada cogió uno.

—Mamá, ¿has hecho esto en casa?

—Por supuesto.

—Pero te dije que no prepararas tanta comida. Ni siquiera el caldo de huesos. Puedes comprar las tortillas en el mercado, y los *songpyon* también. ¿Por qué hacer tanta comida si solo somos nosotros? Es demasiado trabajo para ti, mamá, y también para Ji-young.

Por un instante, la tristeza invadió el rostro de la madre.

—¿Acaso es trabajo preparar comida para la familia? La gracia de las fiestas es eso, reunirnos todos, preparar comida y compartirla —súbitamente, le preguntó a su nuera—: ¿Para ti ha sido muy duro?

Las mejillas de Kim Ji-young se enrojecieron. La expresión de su cara se suavizó y su mirada se volvió más tierna. Su marido tuvo un mal presentimiento. Sin embargo, antes de que pudiera cambiar el tema de conversación o detener a su mujer, esta contestó:

—Ay, consuegra, en realidad mi hija siempre enferma después de las fiestas.

Durante un momento nadie respiró. Fue como si la familia entera se hubiera quedado inmóvil sobre un enorme glaciar. Su-hyeon, la cuñada, exhaló un largo suspiro. El vaho blanco se dispersó.

—¿No, no..., no hay que cambiarle el pañal a la niña? —Jeong Dae-hyeon tomó a su mujer de la mano, pero ella lo apartó de un golpe.

—¡Yerno! No seas así. En las fiestas te quedas durante todo el puente en Busan y en mi casa solo estás unas cuantas horas. Este año ven un poco antes.

Y, de nuevo, guiñó el ojo derecho. En ese momento, el hijo de seis años de la cuñada de Kim Ji-young se cayó del sofá mientras jugaba con su hermanito y empezó a llorar, pero nadie pudo consolarlo. El niño, tras mirar a su alrededor y notar la turbación de los mayores y el aire enrarecido del ambiente, dejó de sollozar. El suegro gritó:

—¿Qué está pasando aquí? Ji-young, ¿cómo es que te comportas así delante de tus suegros? La familia solo se reúne unas pocas veces al año... ¿Acaso te molesta pasar las fiestas con nosotros? Dime.

—Papá, no es eso... —contestó Jeong Dae-hyeon, en defensa de su mujer.

Sin embargo, no sabía cómo explicar lo que estaba ocurriendo. Entonces, ella lo apartó y dijo con serenidad:

—Señor, quizá no me corresponda a mí decirle esto, pero ¿solo ustedes son la familia? Nosotros también tenemos familia. Mis hijos tampoco tienen tiempo de verse más allá de las fiestas. Todos viven ocupados. Del mismo modo que su hija viene a su casa, debería dejar a la mía estar conmigo.

Jeong Dae-hyeon le tapó la boca a su mujer y la sacó a empujones fuera de casa de sus padres.

—Está enferma, papá. Mamá, papá, Su-hyeon, os lo digo de verdad. No está bien. Os lo explico después —añadió al salir.

Así, la pareja y su hija se subieron al coche sin ni siquiera haberse cambiado de ropa. Mientras su marido tenía la cabeza apoyada sobre el volante, desesperado, Kim Ji-young le canturreaba a la niña como si tal cosa. Sus suegros no salieron a despedirse. Solo su cuñada los siguió y los ayudó a meter las cosas en el maletero.

—Tiene razón. Hemos sido muy desconsiderados. No te pelees con ella. No te enfades. Muéstrate agradecido y dile lo que sientes. ¿De acuerdo?

—Me voy. Habla con papá por mí.

Jeong Dae-hyeon no estaba enfadado. Estaba desconcertado, confundido, asustado.

Visitó a un psiquiatra, él solo, para consultarle acerca del estado de su esposa y buscar algún remedio. A su mujer, que no era consciente de los síntomas que mostraba, le recomendó acudir a la consulta, alegando que no dormía bien y estaba agobiada. Ella se lo agradeció. Confesó que en los últimos tiempos se sentía decaída y no tenía ganas de nada, pensaba que quizá padecía depresión posparto.

1982-1994

Kim Ji-young nació el 1 de abril de 1982 en una clínica ginecológica de Seúl: midió 50 centímetros y pesó 2,9 kilos. Por aquel entonces su padre era funcionario público y su madre, ama de casa. Tenía una hermana dos años mayor que ella, y cinco años después nació su hermano. La familia, de seis miembros incluyendo a su abuela, vivía en una casa de unos treinta metros cuadrados con dos habitaciones, una sala de estar con cocina integrada y un baño.

El recuerdo más antiguo que tiene Kim Ji-young es el de ella comiéndose la leche en polvo de su hermanito. Tendría cinco o seis años, dado que le llevaba cinco a su hermano. No era gran cosa, pero le parecía deliciosa la leche en polvo; cada vez que su madre la preparaba, se comía las sobras del suelo, con los dedos mojados en saliva, sentada al lado de ella. A veces, su madre le echaba la cabeza hacia atrás, le hacía abrir la boca y le vertía una cucharada de ese polvo dulce y sabroso directamente sobre la lengua. Entonces, las partículas se mezclaban y se derretían con la saliva para luego formar un coágulo glutinoso similar al caramelo y, finalmente, se deslizaban por la garganta y desaparecían, dejándole en la boca una extraña sensación que no era ni seca ni ácida.

Su abuela, sin embargo, detestaba que ella se comiera la leche en polvo de su hermano. Si le pillaba haciéndolo, le pegaba tan fuerte en la espalda que terminaba por escupirla toda por la boca y la nariz. Su hermana, que era dos años mayor que ella, nunca había vuelto a comer leche en polvo después de las regañinas de la abuela.

—¿A ti no te parece que está rica la leche en polvo?

—Sí que está rica.

—Entonces, ¿cómo es que no te la comes?

—Es humillante.

—¿Cómo dices?

—Es humillante, por eso no la como.

Kim Ji-young no sabía exactamente qué significaba la palabra *humillante,* pero intuyó cómo se sentía su hermana. Sabía que su abuela la regañaba no solo porque no estaba en edad de comer leche en polvo o porque se terminaba lo que le correspondía a su hermanito. Comprendía que todo lo que provenía de su abuela, desde su tono de voz, la posición de su cabeza y sus hombros hasta la respiración, emitía en conjunto un mensaje que, si bien era difícil de sintetizar en una sola frase, le recriminaba que se atreviera a codiciar lo que pertenecía a su nieto varón. Su hermano y todo lo suyo era valioso y, por tanto, no era accesible a cualquiera; y Kim Ji-young se sentía menos que cualquiera. Igual que su hermana.

La regla indiscutible en la casa era servir el arroz recién hecho a su padre, a su hermanito y a su abuela, siempre en ese orden; el tofu, las empanadillas de carne y verduras y las tortillas de carne con sus formas perfectas iban directamente a la boca de su hermano. No era raro que las niñas se quedaran solo con las sobras. También era habitual que su hermano disfrutara de pares perfectos de palillos y de calcetines, así como de juegos de ropa interior y carteras para la escuela, mientras que Kim Ji-young y su hermana se conformaban con lo que era dispar. Si había dos paraguas, uno era siempre para su hermano y ellas debían compartir el otro. Si había dos mantas, una era para su hermano y la otra para ellas. Y si la merienda no daba para todos, la mitad se la comía su hermano y ellas se repartían el resto. En realidad, de niña, Kim Ji-young nunca pensó que su hermano recibiera un trato especial y jamás lo envidió. En ocasiones se sentía algo resentida, pero estaba acostumbrada a racionalizar la situación, convenciéndose a sí misma de que tenía que ceder porque era mayor, y de que compartir cosas con su hermana era lo correcto porque eran del mismo sexo. Su madre siempre elogiaba el hecho de que, quizá porque tenían bastante más edad que su hermano, no le tuvieran envidia y lo cuidaran bien. Pero ante esas palabras, a Kim Ji-young no le quedaba más remedio que reprimir sus quejas y sus celos, aunque los tuviera.

El padre de Kim Ji-young es el tercero de cuatro hermanos, de los cuales el mayor falleció en un accidente de tráfico antes incluso de casarse y el segundo se marchó con su familia a Estados Unidos años atrás y está radicado allí. Con el menor la familia no mantiene contacto alguno, después de que se pelearan a causa de una herencia y de quién debería hacerse cargo de la anciana madre.

Los hermanos habían nacido y crecido en tiempos difíciles, en una época en la que la gente apenas sobrevivía. Las personas morían sin importar si eran niños o mayores debido a la guerra, la enfermedad o el hambre, pero su madre —la abuela de Kim Ji-young— los crio con empeño: trabajó a conciencia para otros, labrando tierras ajenas o limpiando casas, al tiempo que se encargaba de cuidar a la familia con los pocos recursos de que disponía. El abuelo de Kim Ji-young, de tez pálida, nunca se ensució sus tersas manos removiendo la tierra. Era un hombre que carecía de la capacidad o la intención de mantener a su familia. Aun así, su mujer nunca le reprochó nada. Creía sinceramente que había tenido la suerte de encontrar un buen marido porque nunca la había engañado ni golpeado. De los cuatro hijos que sacó adelante en aquellas circunstancias, el único que en realidad se comportaba como tal era el padre de Kim Ji-young, pero ella se consolaba justificando la penosa y vana situación en la que se encontraba con argumentos muy poco lógicos.

—Gracias a que tuve cuatro varones, ahora no me faltan comida y cama caliente, pues un hijo me las da. Por eso siempre se deben tener, al menos, cuatro hijos varones.

Su abuela solía repetir siempre lo mismo, pese a que quien preparaba la comida y la cama para ella no era su hijo, sino su nuera, la madre de Kim Ji-young. La anciana era una mujer relativamente generosa, teniendo en cuenta la vida tan dura que había llevado, y era una suegra que apreciaba a su nuera, no como otras de su generación, por lo que pensaba sinceramente en el bienestar de esta cuando repetía: «Debes tener hijos varones. Son indispensables. Debes tener, al menos, dos».

Cuando nació la hermana mayor de Kim Ji-young, la madre se disculpó ante su suegra con la criatura en brazos, agachando la cabeza y llorando. Su suegra la consoló dulcemente:

—No importa. La próxima vez tendrás un varón.

Cuando nació Kim Ji-young, su madre se disculpó con el bebé en brazos, agachando la cabeza y llorando. Nuevamente, la anciana la consoló:

—Está bien. La tercera vez tendrás un varón.

Un año después del nacimiento de Kim Ji-young, su madre quedó encinta. Tuvo la certeza de que daría a luz un varón tras soñar una noche con un tigre enorme que se metía en su casa y saltaba sobre su falda. No obstante, la ginecóloga, una señora mayor que la había asistido también en el parto de Kim Ji-young y en el de su hermana, puso una cara compungida al ver la ecografía y dijo con discreción:

—Es una criatura tan..., tan linda... Igual que sus hermanas...

Después de volver de la clínica, la madre de Kim Ji-young vomitó de tanto llorar. Su suegra, desde el umbral del baño, la felicitó:

—No tuviste náuseas ni la primera ni la segunda vez, pero ahora estás teniendo unos síntomas muy fuertes. Seguro que llevas ahí dentro una criatura distinta a tus hijas.

La madre de Kim Ji-young no podía abandonar el baño y permaneció allí un buen rato, entre llantos y vómitos. Esa noche, mientras sus hijas dormían, miró a su marido, que parecía no poder conciliar el sueño, y le preguntó:

—Si acaso, y digo si acaso, la criatura en mi vientre resulta ser de nuevo una niña, ¿qué harás? —ella deseaba que su marido le respondiera que no tenía sentido hacer esa pregunta y que, fuera niño o niña, le iba a dar todo su amor. Sin embargo, su marido se mantuvo en silencio—. ¿Qué? ¿Qué vas a hacer?

El padre de Kim Ji-young se volvió hacia la pared y contestó:

—En boca cerrada no entran moscas. Así que duérmete y no llames a la desgracia.

La mujer se mordió el labio inferior y lloró toda la noche sin hacer ruido, hasta empapar la almohada. A la mañana siguiente, sus labios estaban tan hinchados que no podía cerrar la boca ni dejar de salivar.

Por aquellos tiempos el gobierno fomentaba la planificación familiar, que no era otra cosa que una política antinatalista. Hacía ya diez años que habían sido legalizados los abortos quirúrgicos con fines médicos y, como si gestar una niña fuera una razón médica para recurrir a dicho método, las pruebas para determinar el sexo del feto y los abortos selectivos de niñas eran prácticas generalizadas.*
Esta tendencia prevaleció durante los años ochenta y principios de la década siguiente, cuando el desequilibrio de género entre los recién nacidos alcanzó un punto récord: el

---

* Park Jae-heon *et al.,* 확률 가족 *(Familia de probabilidades),* Mati Books, 2015, pp. 57-58; «여성 혐오의 뿌리는?» («¿Cuáles son las raíces de la misoginia?»), *SisaIn Magazine,* n.º 417.

porcentaje de bebés varones en terceros embarazos duplicaba la proporción de las niñas.[*]

La madre de Kim Ji-young fue sola a abortar. En modo alguno era su decisión, pero de cualquier modo era su responsabilidad. Y a su lado no había nadie para consolarla. Mientras aullaba como un animal que hubiera perdido a su cría ante una fiera, la ginecóloga le acarició las manos y le dijo: «Lo siento». Solo eso impidió que se volviera loca allí mismo.

La mujer se quedó de nuevo embarazada varios años después, y el bebé, un niño, vino al mundo sin contratiempos. Ese bebé es el hermano de Kim Ji-young, cinco años menor que ella.

Como funcionario público, el padre de Kim Ji-young tenía un trabajo estable y un salario regular. No obstante, lo que ganaba como funcionario ordinario no era mucho. Apenas alcanzaba para mantener a una familia de seis miembros. La casa de dos habitaciones se les fue quedando pequeña a medida que los hijos crecían, y la madre deseaba mudarse a una vivienda mayor, con un dormitorio independiente para sus hijas, que de momento debían compartir el espacio con su abuela.

Aunque no contaba con un trabajo fijo como su esposo, la madre de Kim Ji-young siempre estaba buscando un empleo que le permitiera ganar un dinero extra sin por ello tener que descuidar la crianza de sus hijos, la atención a su anciana suegra y los quehaceres domésticos. Muchas de sus vecinas, cuya situación económica era similar, también querían un trabajo así. Era una época en la que abundaban los empleos por contratación indirecta, que se ofrecían sobre todo a amas de casa que deseaban obtener un ingreso

---

[*] «출산 순위별 출생 성비» («Diferencia de género en nacimientos»), Oficina Nacional de Estadística.

extra y en los cuales estas se desempeñaban como vendedoras de seguros, cosméticos, yogures, etcétera. Eran empleos precarios en los que la trabajadora debía responsabilizarse de todo, aun en caso de conflictos con los clientes o tras sufrir una lesión.* La madre de Kim Ji-young, en vista de que tenía tres hijos que cuidar, eligió realizar trabajos manuales en casa: armar cajas o sobres, pelar ajos, deshilvanar ropa o enrollar burletes. Había infinidad de labores por el estilo y, cuando su madre se entregaba a ellas en casa, la pequeña Kim Ji-young la ayudaba, recogiendo los restos o contando las unidades terminadas.

El trabajo más difícil era el de enrollar burletes, esas cintas para cerrar herméticamente puertas o ventanas, hechas de un material esponjoso y pegajosas por un lado. Un camión las traía sueltas y había que enrollarlas de dos en dos y, finalmente, meter cada rollo en una pequeña bolsa de plástico. El problema era que, al sostener ligeramente un extremo de los burletes entre el pulgar y el dedo índice de la mano izquierda y enrollarlos con la mano derecha, como había que estirarlos para que alcanzaran una forma cilíndrica compacta, era fácil cortarse los dedos con el papel que cubría el lado pegajoso de esas cintas. Las manos de la madre de Kim Ji-young sangraban aunque se pusiera dos guantes en cada una. Sin embargo, no podía dejar el trabajo porque era el mejor pagado, pese a que los burletes ocuparan mucho espacio, generaran gran cantidad de basura y el olor a pegamento le provocara dolor de cabeza. De hecho, trabajó cada vez más y durante más horas.

Así, se multiplicaron los días en los que su madre seguía enrollando burletes aun después de que su padre regresara de su jornada laboral. Kim Ji-young y su hermana, que eran estudiantes de primaria, hacían los deberes al lado de su madre, cuando no la ayudaban o jugaban por su cuenta, mien-

* Kim Si-hyeong *et al.*, 기록되지 않은 노동 *(Trabajo no registrado)*, Samchang, 2016, pp. 21-29.

tras que su hermano se entretenía desmenuzando las sobras de los burletes o arrancando bolsas de plástico. Cuando había mucho trabajo, la familia cenaba al lado de una montaña de cintas esponjosas y pegajosas. Un día, el padre llegó a casa más tarde de lo habitual, tras trabajar horas extra, y vio a sus hijos revolcándose sobre los burletes. Entonces, por primera vez, se lo reprochó a su mujer:

—¿Siempre tienes que hacer este trabajo que huele tan mal y levanta tanto polvo en presencia de los niños? —la mujer detuvo las manos, que las tenía ocupadas, y los hombros, y empezó a recoger los burletes empaquetados y a ordenarlos en una caja. Él, entre tanto, se arrodilló para meter los trozos desechados en una amplia bolsa de plástico y dijo—: Lamento darte una vida tan dura.

Suspiró. Por un momento, una oscura sombra apareció y desapareció detrás de su espalda. La madre levantó con facilidad cajas que la superaban en tamaño y las trasladó a la sala de estar. El padre barrió el suelo con una escoba.

—No me estás dando una vida dura. Estamos juntos en esto. Así que no te apenes. Tampoco te quejes como si sostuvieras tú solo a esta familia. Nadie te obliga. Y la verdad, no lo estás haciendo bien.

En contradicción con las frías palabras que acababa de pronunciar, la madre de Kim Ji-young dejó de trabajar de inmediato. El camionero que le traía los burletes comentó con cierta decepción que era una lástima que renunciara la persona que mejor hacía el trabajo.

—Pero lo entiendo. Con lo hábil que es usted con las manos, es un desperdicio que esté enrollando burletes. Debería aprender arte o artesanías. Creo que sería un genio.

La madre se rio sacudiendo las manos, como si negara categóricamente lo que acababa de escuchar. Dijo que era demasiado mayor para aprender algo nuevo, aunque solo tenía treinta y cinco años. Además, el comentario de ese hombre la había impresionado, aunque lo negara. Poco después, empezó a asistir a un centro de formación profesional, tras pedirle a su hija mayor que cuidara de su hermanita y, a su suegra, de su hijo menor. Pero no fue a una escuela de arte o de artesanías, sino a una academia de peluquería. No se postuló para obtener un diploma profesional, pues pensó que las personas certificadas no eran las únicas que podían cortarles el cabello a los demás. Y, tras aprender las técnicas básicas de cortes de pelo y permanentes, empezó a ofrecer servicios de peluquería a domicilio para niños y señoras mayores.

Los rumores sobre ella corrieron rápidamente. Resultó que la madre de Kim Ji-young sí que tenía destreza manual. Además, era buena atendiendo a los clientes. Como servicio adicional, ayudaba a las señoras mayores a maquillarse con su propio lápiz labial y delineador después de hacerles la permanente y, cuando iba a cortarle el cabello a un niño, se ofrecía también a arreglarle el pelo a su hermano pequeño si lo tenía o el flequillo a la madre sin cobrar de más. Usaba químicos para permanentes más caros que los utilizados en las peluquerías del barrio y les leía a sus clientes la descripción del producto en el envase.

—¿Lo ve? Es un producto nuevo que no daña el cuero cabelludo. Contiene propiedades derivadas del *ginseng.* O sea, nutre su cabello con *ginseng,* que yo no he tenido oportunidad de probar en toda mi vida.

La madre empezó a acumular así dinero en efectivo sin pagar impuestos. Si bien la dueña de la peluquería del barrio se enfrentó a ella y la tomó del cabello cuando empezó a perder clientela, ella llevaba años viviendo en la zona y tenía buena reputación, por lo que la mayoría de los vecinos la apoyó. Con el tiempo, la clientela se dividió adecuadamente y la peluquería y la madre de Kim Ji-young se las arreglaron para coexistir sin invadir terreno ajeno.

La madre de Kim Ji-young tenía dos hermanos mayores, una hermana mayor y un hermano menor, y todos habían abandonado su pueblo natal. Su familia se había dedicado al cultivo de arroz y había vivido sin mayores dificultades. No obstante, los tiempos cambiaron y Corea, cuya economía se basaba en la agricultura, se industrializó rápidamente. Ya no era posible vivir solo de labrar la tierra. El abuelo materno de Kim Ji-young mandó a sus hijos a la ciudad, como todos los de su generación hicieron entonces, aunque no tenía los recursos suficientes como para financiar los estudios o los sueños de tantos hijos. Los alquileres y el coste de la vida eran altos en la ciudad; y la educación, mucho más cara todavía.

La madre de Kim Ji-young llegó a Seúl el año que cumplió catorce, después de pasar un tiempo ayudando en casa y en los campos de su familia tras acabar la primaria. Su tía, dos años mayor, trabajaba en una fábrica textil, donde su madre también entró como empleado. Empezaron a vivir juntas en un cuartucho de apenas siete metros cuadrados. Sus compañeras de trabajo eran jóvenes de edades similares. Tenían más o menos el mismo nivel de educación y también eran originarias de familias con similares condiciones económicas. Todas carecían de experiencia y, por eso, creían que era normal trabajar largas horas sin poder dormir, descansar o comer. Las sofocaba el calor que expulsaban las máquinas tejedoras. Aunque se recogieran las faldas, ya de por sí cortas, el sudor les caía por los codos y los muslos. De respirar tanto polvo en la fábrica, muchas sufrían enfermedades pulmonares. Y el miserable salario que cobraban tras trabajar día y noche —solían tomar pastillas para mantenerse despiertas— se destinaba en gran parte a los estudios de sus hermanos varones. Eran tiempos en los que se creía que los hijos varones debían sostener a la familia y que eso era sinónimo de éxito y felicidad. Por lo tanto, las hijas se sacrificaban sin reparo por sus hermanos.[*]

---

[*] Park Jae-heon *et al.*, 확률 가족 (*Familia de probabilidades*), Mati Books, 2015, p. 61.

El tío materno mayor de Kim Ji-young se graduó en Medicina en una universidad nacional y trabajó toda su vida en el hospital de la institución. Su segundo tío se jubiló como jefe de policía regional. Su madre se sentía orgullosa y agradecida de que sus hermanos fueran tan rectos y de que hubieran sido tan buenos estudiantes. Estos apoyaron económicamente a su tío menor en cuanto empezaron a tener ingresos, lo que le permitió estudiar en una universidad de Educación en Seúl. El tío mayor era descrito como el primogénito ejemplar, que honró el apellido y mantuvo a la familia. En ese momento, la madre y la tía de Kim Ji-young se dieron cuenta de que nunca tendrían oportunidad de convertirse en alguien si permanecían bajo la protección de sus amados parientes. Por eso, decidieron tardíamente acudir a una escuela para obreros. Trabajaron de día y estudiaron de noche hasta que obtuvieron el diploma de secundaria. No obstante, la madre de Kim Ji-young siguió estudiando y se presentó al examen de bachiller para personas no escolarizadas. Lo aprobó el mismo año en el que su hermano empezó a trabajar como profesor en una escuela de bachillerato.

Cuando Kim Ji-young estaba en primaria, un día su madre se quedó mirando una nota escrita por su maestra y, súbitamente, dijo:

—Yo también quise ser maestra —a Kim Ji-young el comentario le pareció absurdo y se echó a reír, porque para ella su madre era su madre y nada más—. De veras. Cuando estábamos en primaria, yo era la mejor estudiante de todos mis hermanos. Incluso era mejor que tu tío mayor.

—Entonces, ¿por qué no te convertiste en maestra?

—Porque tuve que ganar dinero para pagar los estudios de tus tíos. Pasaba con todas. Así era la vida de las mujeres entonces.

—Ahora puedes ser maestra.

—Ahora tengo que ganar dinero para costear tu educación y la de tus hermanos. Pasa con todas. Así es la vida de las madres hoy en día.

Claramente se arrepentía de lo que había hecho con su vida, de su condición de madre. Kim Ji-young imaginó una piedra pequeña pero pesada y dura que retenía la larga falda de su madre, y se sintió triste al identificarse con esa piedra. Su madre, percatándose de ello, acarició con ternura su cabello despeinado.

Kim Ji-young fue a una gran escuela primaria a la que se podía llegar andando tras callejear durante unos veinte minutos. Había un mínimo de once clases y un máximo de quince por curso, y el número de alumnos por aula ascendía a cincuenta. Incluso en años anteriores a su ingreso, las clases de estudiantes de cursos inferiores se dividían en las de mañana y las de tarde.

Para Kim Ji-young, que no había ido a la guardería, la escuela supuso el inicio de su vida social. Comenzó de una manera relativamente satisfactoria y, al terminar el periodo de adaptación, su madre delegó en su hermana, que iba al mismo colegio, el trabajo de llevarla a la escuela y traerla de vuelta a casa. Así, su hermana se encargaba todas las mañanas de ordenar sus textos y cuadernos, además de sacarles punta a cuatro lápices para meterlos, junto con una goma de borrar, en su estuche con el dibujo de una princesa mágica. Cuando tenía que preparar algún material, también su hermana le pedía dinero a su madre para comprarlo en la papelería que había frente al colegio. Kim Ji-young iba y venía de la escuela sin perderse o desviarse por otros caminos. Se comportaba bien en el aula y nunca se orinó encima. Escribía sin equivocarse en sus cuadernos lo que estaba en la pizarra y con frecuencia sacaba cien sobre cien en los dictados.

El primer gran problema en su vida escolar fueron las travesuras del compañero con quien compartía pupitre, algo que toda niña experimenta en el colegio. Sin embargo, a Kim Ji-young le parecían excesivas y sufría por ello, porque para ella eran abusivas y violentas. Lamentablemente, no podía hacer nada salvo quejarse ante su madre o su hermana bañada en lágrimas, aunque estas fueran incapaces de librarla de ese problema. De hecho, su hermana le dijo que no podía hacer más que ignorar la conducta de su compañero, porque los chicos son traviesos e infantiles de nacimiento. Su madre hasta la regañó por lloriquear por unas simples travesuras que su compañero hacía para intentar convertirse en su amigo.

Ese niño empezó a molestarla sin ningún motivo en particular. Le tocaba el hombro como por casualidad al sentarse, al colocarse en la fila o al levantar su maletín. Si se topaba con ella, se le acercaba a propósito y pasaba por su lado dándole un golpe bastante fuerte en el brazo. Tomaba prestada su goma de borrar, su regla y sus lápices, pero nunca se los devolvía y, si ella se los pedía, los tiraba al suelo o los ocultaba debajo de su trasero, si es que no se ponía terco y alegaba no habérselos llevado nunca. Una vez, durante una clase, la maestra los castigó a ambos por pelearse justamente por esa razón. Y cuando Kim Ji-young decidió no prestarle más sus cosas, él empezó a burlarse de cómo se vestía o de cómo hablaba y a esconder su maletín.

Un día de principios de verano, Kim Ji-young se quitó las zapatillas en clase porque tenía los pies sudorosos. De repente, su compañero estiró las piernas y pateó con fuerza una de ellas. Esta se deslizó entre las mesas de los alumnos hasta llegar a la maestra. Con la cara roja de ira, la profesora golpeó su escritorio y preguntó a la clase:

—¿De quién es esto?

Kim Ji-young no pudo contestar. Primero, tuvo miedo. Y segundo, si bien era su zapatilla, esperó a que su compañero confesara que había sido él quien la había pateado. Sin embargo, el chico tampoco abrió la boca, quizá porque también tuvo miedo, y mantuvo la cabeza gacha.

—¿Nadie va a decir nada? ¿Tengo que revisaros las zapatillas a todos?

Kim Ji-young golpeó con el codo a su compañero y le dijo en voz baja: «Si has sido tú». Pero el chico agachó aún más la cabeza y le contestó: «Pero no es mi zapatilla». La profesora golpeó de nuevo el escritorio. Entonces, Kim Ji-young no tuvo más remedio que levantar la mano. Avanzó hasta la pizarra y fue reprendida delante de todos. Fue tachada de mentirosa por no haber respondido cuando la profesora había preguntado por primera vez de quién era la zapatilla. También fue etiquetada de ladrona, por quitarles un precioso tiempo de estudio a sus compañeros. No pudo ni justificarse ni dar explicaciones, al estar ya empapada en lágrimas y mocos, pero en ese momento alguien —la niña sentada en el último asiento de la fila de al lado— dijo en voz muy baja que no había sido ella.

—Es su zapatilla, pero no fue ella quien la pateó. Yo lo vi.

La maestra, desconcertada, preguntó:

—¿Qué dices? Si no fue ella, ¿quién fue?

La niña se sintió incómoda y no pudo contestar. Solo miró la nuca del culpable. Las miradas de la profesora y de los demás compañeros se centraron en la misma persona y, finalmente, el niño confesó. La maestra lo amonestó con una voz el doble de fuerte, durante un tiempo el doble de largo y con una cara el doble de roja por el enfado.

—La has estado molestando todo el tiempo, ¿no? No te creas que no te he visto. Te ordeno que para mañana me traigas una lista completa de todas las cosas que le has hecho a tu compañera. Estoy al tanto de todo, así que no omitas nada. Escribe la lista con tu madre, quiero su firma al pie de la lista.

El chico volvió a casa decaído, diciendo que su madre lo iba a matar por lo ocurrido, mientras que la profesora le ordenó a Kim Ji-young que se quedara después de la clase.

La niña se puso nerviosa, imaginando que podrían regañarla otra vez. Sin embargo, para su sorpresa, la profesora se disculpó con ella. Admitió haberla reprendido sin conocer exactamente los hechos, con la suposición prematura de que no podía ser otra cosa que una travesura de la dueña de la zapatilla. También reconoció su falta de prudencia, al tiempo que le prometió tener más cuidado de ahí en adelante y esforzarse para que situaciones similares no se volviesen a repetir. Kim Ji-young sintió alivio, pero al relajarse le saltaron de nuevo las lágrimas. Cuando la maestra le preguntó si tenía algo más que decir o pedir, aguantando el llanto, contestó:

—Quiero que me cambie de compañero. No quiero volver a sentarme con él jamás.

La profesora le acarició los hombros como gesto de consuelo.

—Vaya, parece que no sabes algo que yo sí sé. A ese chico le gustas.

Ante esas palabras tan absurdas, dejó de llorar.

—Me odia. Si usted acaba de decir que sabe cómo me ha estado molestando.

La profesora se rio.

—Los chicos son así. Fastidian a las compañeras que les gustan. Se meten más con ellas. Me encargaré de hablar con él, así que no te cambies de sitio sin resolver el malentendido. Lo mejor sería que os hicierais amigos a partir de este incidente.

¿Que le gusto? ¿Que me molesta porque le gusto? Kim Ji-young se sintió confundida. Recordó rápidamente lo que le había pasado, sin lograr entender la explicación de la maestra. Si a uno le gusta alguien, debe ser más cariñoso y amable con esa persona, ya sea un amigo, un familiar o el perro o el gato que uno cría. Ese era el sentido común de la Kim Ji-young de apenas siete años. Su vida en el colegio era un desastre por culpa de ese niño. No podía evitar sentirse molesta por todo lo que había tenido que aguantar, y encima era una niña mala que malinterpretaba a su compañero. Negó con la cabeza.

—No quiero. No lo aguanto.

Al día siguiente la cambiaron de asiento. Se sentó con el alumno más alto de su clase, que siempre se sentaba solo en la mesa de atrás. Nunca se pelearon.

En tercero, Kim Ji-young almorzaba en la escuela dos veces a la semana. Pero la hora de la comida era una tortura para ella, que comía despacio. Como su colegio estaba incluido en el programa piloto de comida escolar, contó con servicio de almuerzo para los estudiantes antes que otras escuelas. También se instalaron cocinas y comedores limpios y espaciosos. Cuando llegaba la hora de la comida, los alumnos acudían en fila al comedor. Sin embargo, como no había sitio para todos, los que primero se sentaban a comer debían terminar rápido para ceder su mesa al resto.

El caso es que Kim Ji-young debía engullir el almuerzo mientras otros chicos ya estaban en el patio correteando como potrillos después de comer. Y en tercero sufrió mucho más, debido a que tuvo una profesora muy estricta que no permitía ni que sus alumnos recibieran poca comida ni que se dejaran algo en la bandeja. Incluso se paseaba de mesa en mesa, cinco minutos antes de que se acabara la hora del almuerzo, para inspeccionar cuánto habían comido los estudiantes, regañando a los más lentos y golpeando sus bandejas con la cuchara para meterles prisa. Los recriminados sentían que se atragantaban con el arroz, mientras que los más nerviosos tragaban la comida con agua como si tomaran pastillas.

Kim Ji-young era la alumna número 30 de su clase. Los estudiantes varones tenían los números entre el 1 y el 27 y las niñas entre el 28 y el 49, según sus fechas de nacimiento. En este sentido, era afortunada porque el almuerzo se servía en ese orden y ella, que tenía uno de los primeros números entre las chicas por haber nacido en abril, podía comer en el primer turno. En cambio, sus compañeras del final de la lista podían sentarse en el comedor solo cuando otros niños y niñas terminaban de almorzar. Por eso, siempre regañaban a las niñas por retrasarse a la hora de comer.

Un día, la profesora estaba particularmente malhumorada. Castigó a toda la clase porque el encargado de limpiar la pizarra no lo había hecho como era debido. Procedió, además, a un inesperado control de higiene y Kim Ji-young tuvo que cortarse las uñas con la tijera a escondidas, debajo del pupitre. Las estudiantes que siempre eran las últimas en acabar de comer estaban especialmente tensas. Ante ellas, la maestra se enfadó y golpeó tan fuerte sus bandejas que el arroz y las anchoas secas que les habían servido saltaron a sus rostros. Algunas empezaron a llorar, aún con la boca llena. Posteriormente, las alumnas que habían almorzado como invitados no bienvenidos a una cena se reunieron espontáneamente durante la hora de limpieza después de clase y, mediante intercambios de miradas, gestos y palabras sueltas, quedaron en verse a la salida del colegio. Fuera de la escuela. En el mercado del barrio. En el puesto de refrigerios La Abuelita.

Reunidas, las alumnas se desahogaron.

—Ha sido un desquite. Estaba de mal humor desde por la mañana y regañaba a todos por nada.

—Tienes razón.

—Oír todo el tiempo que coma más rápido no ayuda.

—Si no lo hago a propósito. Ni estoy fingiendo. Como despacio desde siempre, ¿y qué?

Lo mismo pensaba Kim Ji-young. Que no era correcto lo que hacía la profesora. Aunque no podía precisar qué estaba mal, sentía que no era justo. No obstante, al no estar acostumbrada a expresar abiertamente lo que pensaba, tampoco podía exteriorizar su descontento. Escuchaba a sus compañeras y asentía solo con la cabeza a lo que decían. Entonces habló Yuna, que había estado sentada en silencio, como ella.

—Es injusto —y, tras una breve pausa, continuó con calma—: Es injusto comer según el orden de nuestros nombres en la lista de clase. No es justo. Tendremos que pedir que cambien esa regla.

¿Habrá querido decir que hay que plantearle esa propuesta a la profesora? Pero ¿pueden los alumnos atreverse a hacerle tal propuesta a la maestra? Kim Ji-young pensó en ello un momento, pero en seguida concluyó que Yuna sí podría, pues era una buena estudiante y su madre era la presidenta de la Asociación de Padres y Docentes de la escuela. Efectivamente, el siguiente viernes la chica levantó la mano.

—Creo que el orden de los estudiantes para la comida debe cambiar.

Mirando de frente a la profesora, Yuna defendió firmemente su postura. Que las chicas que estaban al final de la lista de estudiantes recibían tarde el almuerzo y, por ende, terminaban de comer más tarde. Que ellas estarían siempre en desventaja respecto a los demás si se mantenía la regla de servir la comida según el orden de los nombres en dicha lista. Que era necesario cambiar periódicamente el sistema de reparto de comida. La profesora sonreía, si bien sus labios se estremecían sutilmente. El aire dentro del aula era tenso como una cinta elástica estirada al máximo. A Kim Ji-young le temblaban las piernas como si fuese ella la que estuviera hablando. Lo que aflojó la tensión fue el comentario de la maestra, que con una sonrisa respondió a la propuesta de los alumnos.

—La próxima semana, el almuerzo será servido en primer lugar a la estudiante número 49 y se seguirá en sentido inverso hasta el número 1. Y cambiaremos el orden cada mes.

Las chicas que estaban en los números finales de la lista de clase gritaron de alegría. En todo caso, y aunque el orden para entrar al comedor cambió, no lo hizo el ambiente en aquel lugar. La maestra se impacientaba igual que antes con quienes se quedaban comiendo hasta tarde y les metía prisa hasta causarles indigestión, mientras que dos de las seis alumnas que habían estado en La Abuelita seguían entre las más lentas de la hora del almuerzo. Aunque Kim Ji-young no acusó demasiado el cambio porque estaba en el medio, trató de comer más rápido. Se sentía derrotada cuando tardaba y se esforzó hasta que logró abandonar el club de los más lentos.

La experiencia le permitió vivir una sensación de victoria. Se habían rebelado contra el poder absoluto y habían logrado cambiar algo que creían que era injusto. Fue una experiencia valiosa para Yuna, para Kim Ji-young y para todas las niñas de su clase. Adquirieron cierto sentido crítico y cierta autoconfianza; sin embargo, no cuestionaron por qué el número 1 de la lista era siempre un varón o por qué los chicos estaban antes que las chicas. Tomaban como algo natural que ellos siempre estuvieran en primer lugar. Los chicos lideraban las filas, se movían primero, tenían prioridad para participar en clase y sus deberes eran revisados antes. Mientras tanto, las chicas, entre el aburrimiento y el alivio, esperaban su turno con paciencia y sin extrañarse, del mismo modo en que mucha gente acepta como si nada que el número de identidad de los hombres comience por el 1 y el de las mujeres por el 2.

Desde el cuarto curso de primaria, los alumnos elegían al delegado de la clase mediante el voto. Las elecciones se realizaban una vez por semestre, por lo que hasta el momento de graduarse los estudiantes participaban en seis elecciones durante tres años. En el caso de la clase de Kim Ji-young, en las seis ocasiones, el elegido fue un chico. Muchos profesores escogían a cinco o seis alumnas entre las más listas para hacerles encargos e incluso para encomendarles la revisión de tareas o de exámenes. Decían siempre que las chicas eran más inteligentes que los chicos. Los propios estudiantes opinaban que las niñas estudiaban mejor, eran más maduras y más meticulosas; no obstante, a la hora de elegir al delegado de los alumnos, siempre ganaba un varón. Su clase no era un caso excepcional. En todos los colegios había muchos más delegados varones. Poco después de que Kim Ji-young ingresara en secundaria, su madre comentó asombrada mientras leía el periódico:

—Dicen que ha aumentado muchísimo el número de chicas que son delegadas de clase. Informan aquí que el porcentaje supera el cuarenta por ciento.* Quién sabe, igual cuando vosotras seáis mayores tenemos a una mujer presidenta.

Eso significaba que cuando Kim Ji-young estaba en primaria, de todos los estudiantes que eran delegados ni la mitad eran niñas, aunque esa proporción suponía un enorme avance respecto al pasado. Otra regla tácita era que las chicas desempeñaban el papel de jefas de limpieza y los chicos el de jefes deportivos. No importaba que esos cargos fueran decididos por los profesores o que los estudiantes se ofrecieran voluntariamente para ocuparlos.

La familia de Kim Ji-young se mudó cuando ella pasó a quinto de primaria. Su nuevo hogar era un piso ubicado en la tercera planta de una vivienda multifamiliar recientemente construida en la avenida principal del barrio. Tenía tres habitaciones, una sala de estar con cocina integrada y un baño. Era dos veces más amplia que la casa anterior y diez veces más cómoda. Comprarla fue posible gracias a los ahorros y las inversiones que se hicieron con el salario de su padre y los ingresos extra de su madre. En particular, su madre supo invertir el dinero de la familia en los productos financieros más rentables basándose en análisis propios sobre las ventajas y los intereses a cobrar. También reunía a vecinas de confianza para juntar dinero entre todas y manejar fondos comunes para lograr beneficios por intereses, operación con la que obtenía las mayores ganancias. Sin embargo, rechazaba tajantemente la idea de hacer lo mismo entre familiares.

---

* «¿Acaso por ser mujer no puedo ser presidenta del consejo estudiantil?», diario *Hankyoreh,* 4 de mayo de 1995.

—Los menos fiables están en la familia. No quiero perder dinero y parientes al mismo tiempo.

La antigua casa era una extraña mezcla de lo antiguo y lo moderno, al haber sido sometida a pequeños arreglos a lo largo de mucho tiempo. La sala-cocina, creada tras cubrir con revestimientos para el suelo parte de lo que anteriormente era el patio, no contaba con sistema de calefacción, y el baño, de impecables paredes de azulejos, no tenía ni lavabo ni bañera, de ahí que hubiera que reunir agua en un amplio recipiente para asearse y bañarse. El retrete estaba en otro espacio pequeño al lado de la puerta principal, alejado de los ambientes interiores. El nuevo piso, en cambio, contaba con un sistema que calentaba todas las habitaciones, la sala de estar y la cocina, y tanto el baño como el retrete se encontraban en el interior, por lo que una vez en casa nadie tenía que volver a ponerse los zapatos para ir a hacer sus necesidades.

Pero la mayor novedad era la habitación para las dos hermanas. El cuarto más grande lo ocuparon sus padres y su hermano, el segundo más amplio fue para Kim Ji-young y su hermana y el más pequeño para su abuela. Su padre y su abuela insistieron en que el hijo varón debía tener una habitación propia y sus hermanas compartir cuarto con la abuela, como habían hecho antes, pero su madre se negó en redondo. Sostuvo que no podía dejar que su anciana suegra siguiera en un mismo dormitorio junto con las nietas y que había que darle un espacio para que pudiera escuchar cómodamente la radio, leer sola las escrituras budistas y echarse una siesta cuando lo deseara.

—Un niño que todavía no va al colegio no necesita una habitación para él solo. Además, cada noche vendrá a mi cuarto con su almohada. ¿Prefieres dormir solo o con mamá?

El menor, de apenas seis años, contestó que por nada del mundo renunciaba a dormir junto a su madre y que no necesitaba un cuarto propio. Así, tal y como había planeado su madre, Kim Ji-young y su hermana por fin tuvieron una habitación para ellas. Su madre les confesó que había ahorrado dinero sin que su padre lo supiera para decorarles el cuarto. Compró dos escritorios idénticos y los colocó uno al lado del otro, al pie de la ventana, por donde entraba mucho sol. También compró un nuevo armario que ubicó en otra pared junto con una estantería para libros, así como nuevas colchas, mantas y almohadas. Hasta pegó un mapamundi grande en otra de las paredes.

—Mirad Seúl. Es un puntito. O sea, que estamos viviendo entre ajetreos dentro de este pequeño punto. Aunque no podáis recorrer el mundo, al menos tened conciencia de cuán grande es. Así de extenso.

La abuela de Kim Ji-young falleció un año después y su habitación fue ocupada por su hermano. Sin embargo, durante bastante tiempo el niño siguió acudiendo todas las noches al dormitorio de sus padres, abrazado a su almohada, para recostarse sobre el pecho de su madre.

1995-2000

Kim Ji-young asistió a un centro de secundaria que quedaba a quince minutos a pie de su casa. Su hermana había ido a la misma escuela, pero entonces era exclusivamente para niñas.

Hasta la década de 1990, Corea era un país con un agudo desequilibrio de género en la tasa de natalidad. En 1982 nacieron 106,7 bebés varones por cada 100 niñas. Pero la proporción de niños creció y creció hasta llegar a 116,5, muy por encima de la diferencia que naturalmente se da, entre 103 y 107 varones por cada 100 niñas.[*] Eso indicaba que había ya un número más alto de estudiantes de sexo masculino y que iban a hacer falta colegios para ellos, dado que seguirían aumentando en número. En los colegios mixtos había dos veces más clases de chicos que de chicas; sin embargo, el problema no solo radicaba en tal desequilibrio dentro de un mismo instituto, sino en que los estudiantes fueran asignados según su género a colegios que quedaban lejos de donde vivían, aunque hubiese escuelas más cercanas. El año en que Kim Ji-young ingresó en secundaria, su colegio se volvió mixto. A raíz de aquello, otros institutos que antaño habían sido femeninos o masculinos sufrieron la misma transición.

La escuela secundaria a la que asistía Kim Ji-young era un colegio como cualquier otro. Tenía un patio pequeño, por lo que había que atravesarlo en diagonal para las carreras de cien metros. También era una construcción vieja, de

---

[*] «Dinámica demográfica y cambios en las tasas de dinámica poblacional», Oficina Nacional de Estadística.

cuyas paredes caían constantemente pedazos de revestimiento deteriorado. Para los estudiantes había un estricto código de vestimenta, que era particularmente inflexible en el caso de las chicas. Según cuenta la hermana de Kim Ji-young, el reglamento se endureció cuando el centro se convirtió en un colegio mixto. La falda del uniforme debía cubrir la rodilla y no debía insinuar la curva de las caderas y los muslos. Debajo de la blusa blanca del uniforme de verano, que era semitransparente, tenían que ponerse obligatoriamente una prenda interior también blanca y con escote redondo. No podía ser una camiseta de tirantes, ni una camisola de algodón con mangas, ni una prenda de color o con encajes. Y lo que nunca debían hacer las estudiantes era llevar solo el sostén debajo de la blusa. En verano, debían asimismo ponerse pantis de color piel y calcetines blancos por encima y, en invierno, solo medias negras opacas, sin calcetines. Tampoco podían usar zapatillas deportivas, sino zapatos. Y en invierno, llevar zapatos con medias y sin calcetines daba un frío de muerte.

En el caso de los alumnos varones, las reglas eran mucho más flexibles. Lo único que no podían hacer era cambiar el ancho de los pantalones. Por eso, había chicos que debajo de la camisa del uniforme de verano se ponían camisetas sin mangas, camisolas con mangas, incluso prendas de color gris o negro. Y, cuando tenían calor, se desabotonaban parcialmente la camisa, si es que no se la quitaban a la hora del almuerzo o durante los recreos. En cuanto al calzado, podían usarlo de todo tipo, desde zapatos y zapatillas de deporte hasta zapatillas de tacos y para correr.

En una ocasión, una estudiante fue amonestada en la puerta del colegio por llevar zapatillas de deporte. Ella protestó porque solo a los chicos se les permitía ponerse otro calzado y camisolas debajo del uniforme. El profesor a cargo del control de vestimenta le respondió que eso se debía a que los varones practicaban deporte en todo momento.

—Los chicos no pueden estar quietos ni durante los diez minutos que dura el recreo. Están jugando al fútbol, al béisbol, al baloncesto... y, si no están haciendo deporte, están saltando unos encima de otros. A ellos no se les puede decir que mantengan la camisa abotonada hasta el cuello y que lleven zapatos.

—¿Y piensa que las chicas están quietas porque les gusta estar así? No podemos movernos porque nos incomodan la falda, las medias y los zapatos que nos obligan a usar. En primaria, yo también salía al patio en los recreos, a saltar y a jugar a la pelota.

Aquella alumna, al final, fue castigada no solo por no respetar el código de vestimenta, sino también por contestar al profesor, y tuvo que dar varias vueltas al patio del colegio en cuclillas. El profesor le ordenó sujetarse bien la falda para que no se le viera la ropa interior, pero la chica no obedeció. Y se le veían las bragas mientras avanzaba. El profesor la detuvo después de la primera vuelta. Más tarde, otra chica que acudió a la sala de profesores por estar vestida de manera indebida le preguntó por qué no se había sujetado la falda.

—Para que viera lo incómodo que es vestirse así.

El reglamento no cambió, pero las estudiantes empezaron a hacer caso omiso del control de vestimenta sin que por ello se las amonestase, aunque llevaran camisolas de manga corta debajo de la blusa o zapatillas de deporte.

Por la zona donde se situaba la escuela de Kim Ji-young rondaba un pervertido conocido como Hombre Gabardina, porque vestía solo un abrigo largo encima de su cuerpo desnudo y se destapaba cuando pasaban niñas o mujeres jóvenes a su lado, para ver sus reacciones. Era famoso en los alrededores y las alumnas sentían pavor cuando aparecía. A veces, en días nublados, salía al espacio abierto frente a la escuela, que se veía directamente desde la ventana de la clase 2-H femenina. Kim Ji-young estaba en esa clase y, como ella, todas sus compañeras asignadas a esa aula se asustaban al verlo, aunque la situación también les hacía gracia.

Un día de primavera ocurrió un incidente, poco después de que hubiese comenzado el año académico. Había llovido de madrugada y era una mañana con niebla. Acababa de terminar la tercera clase del día y las estudiantes estaban en el descanso cuando la chica sentada al final de la fila de la ventana miró hacia afuera y gritó. No estaba claro si gritaba a modo de celebración o para mofarse de lo que estaba viendo. Las más atrevidas se acercaron a la ventana y empezaron a gritar también: «¡Guapo! ¡Otra, otra!». En seguida aplaudieron y se rieron a carcajadas. Kim Ji-young se quedó sentada en su asiento, lejos de la ventana. Solo estiró el cuello para intentar descubrir lo que pasaba, pero no logró ver nada. En realidad, se moría de curiosidad. Sin embargo, le dio vergüenza acercarse a presenciar el espectáculo. No tuvo la valentía de verlo con sus propios ojos. Una amiga que se sentaba junto a la ventana le contó luego que la actuación del Hombre Gabardina había superado todas sus expectativas, como si hubiera agradecido la eufórica reacción de las chicas.

De repente, mientras en el aula seguía el alboroto, entró el profesor a cargo del control disciplinario.

—Las que estabais gritando en la ventana, salid. Todas. ¡Ya!

Las aludidas se colocaron frente a la pizarra. Le dijeron al profesor que se habían quedado en sus respectivos asientos, que no habían gritado y que tampoco habían mirado por la ventana. No obstante, el profesor se llevó a cinco de ellas, a las que escogió arbitrariamente, a la sala de profesores. Allí las castigaron y fueron obligadas a escribir cartas de disculpa. Regresaron apenas comenzada la hora del almuerzo y la chica que había visto al Hombre Gabardina escupió por la ventana, enojada.

—¡Mierda! Nosotras no hemos hecho nada malo. La culpa la tiene ese tipo. No hacen nada para pillar a ese pervertido y a nosotras nos dicen que corrijamos nuestra mala conducta. ¿Pero qué mala conducta? ¿Acaso he sido yo la que se ha desnudado?

Las compañeras se rieron, pero la chica no se calmó fácilmente, ni siquiera después de escupir varias veces más.

Las cinco alumnas que ese día estuvieron en la sala de profesores no volvieron a llegar tarde al colegio. Y eso que siempre eran las últimas en entrar en clase. Los profesores, pese a que presentían que estaban tramando algo, no les podían decir nada porque no cometían ninguna falta de disciplina. Entonces sucedió algo grande. Como si fueran enemigos que se encuentran en un callejón sin salida, una mañana una de las cinco chicas se topó con el Hombre Gabardina e inmediatamente aparecieron las otras cuatro detrás de ella. Entre todas saltaron sobre el sujeto, lo amarraron con cuerdas de plástico y cinturones y lo arrastraron hasta la estación de policía. Nadie sabe qué le pasó a aquel hombre. El caso es que nunca más volvió a rondar por el vecindario y las cinco estudiantes fueron suspendidas. Las sancionaron y no pudieron acudir a clase durante una semana. Cuando se reincorporaron, después de escribir varias cartas de disculpa y limpiar baños y el patio del colegio durante días, no hicieron comentario alguno sobre lo ocurrido. Pero los profesores les solían golpear suavemente en la cabeza cuando pasaban frente a ellas.

—No tenéis decoro como mujeres. Sois la vergüenza del colegio.

Cuando se alejaban, una de las alumnas mascullaba «¡Mierda!» y escupía.

Kim Ji-young tuvo su primera menstruación en el segundo año de secundaria. No le llegó ni antes ni después que a sus compañeras. Su hermana había tenido su primera regla a la misma edad y ya venía intuyendo que ella también empezaría a menstruar durante la secundaria, al ser ambas de similar constitución física, de similares gustos y de similar desarrollo. Por eso no entró en pánico. Tomó una de las toallas sanitarias que su hermana tenía en el primer cajón de su escritorio y le contó que estaba menstruando.

—Se te ha acabado la buena vida —dijo su hermana sin más.

También fue ella la que se lo contó a su madre en lugar de Kim Ji-young, que no estaba segura de si debía contarle o no a su familia que le había llegado su primera regla. No pasó nada extraordinario. Su padre llamó para avisar de que iba a volver tarde a casa, pero quedaba poco arroz, por lo que su madre y sus hermanos decidieron cenar fideos instantáneos. El hermano de Kim Ji-young se sirvió una buena cantidad de fideos inmediatamente después de que pusieran la mesa, pero su hermana mayor le regañó y le dio un ligero golpe en la cabeza.

—Si tú te llevas tanto, ¿qué comemos nosotras? ¿Y cómo es que te sirves tú primero? ¿Acaso no respetas a mamá?

La hermana de Kim Ji-young le sirvió a su madre una buena ración de fideos, caldo y huevo, y luego tomó para ella la mitad de los fideos del plato de su hermano. Entonces, la madre le cedió la mitad de los suyos al niño. La hermana de Kim Ji-young gritó enfadada:

—¡Mamá! Come tú. Y la próxima vez vamos a usar una olla por cada paquete de fideos instantáneos, para que nadie le quite o le ceda comida a nadie.

—¿Desde cuándo eres tan considerada conmigo? Además, no son más que fideos. Y eso de usar una olla por persona es demasiado. ¿Vas a lavar tú las ollas?

—Sí. Soy buena limpiando y lavando platos. También doblo la ropa ya lavada y la ordeno, y lo mismo hace Ji-young. En esta casa solo hay una persona que no hace nada.

La hermana de Kim Ji-young echó una mirada de reproche a su hermano y su madre le dijo, acariciándole la cabeza:

—Si todavía es un niño.

—¿Pero qué niño? Si yo, con apenas diez años, me encargaba de preparar mi maletín para la escuela y también el de Ji-young. Hacía sola los deberes y revisaba los de ella. Cuando nosotras teníamos su edad ya fregábamos el suelo, tendíamos la ropa y nos hacíamos la comida sin ayuda de nadie, aunque fueran unos simples fideos instantáneos o un huevo frito.

—Pero es que es el benjamín de la familia.

—No es porque sea el menor. Es porque es el varón.

La hermana tiró los palillos sobre la mesa y se metió en su cuarto. Confundida, la madre suspiró con la mirada clavada en la puerta de la habitación, mientras que Kim Ji-young se preocupaba por los fideos, que estaban empezando a ablandarse, si bien tampoco podía comer en ese ambiente tan incómodo.

—Si la abuela viviera, se habría enfadado y ella se habría metido en un buen lío —intervino su hermano—. Habría dicho que es inaceptable que una mujer le pegue a un hombre en la cabeza.

Por quejarse sin ser consciente de lo ocurrido, el chico recibió otro golpe en la cabeza, esta vez de Kim Ji-young. Su madre no fue a consolar a su hija mayor. Tampoco se disgustó. Solo le sirvió más caldo a su segunda hija.

—A partir de ahora tienes que procurar comer caliente y abrigarte bien.

Entre sus amigas, algunas presumían de que habían recibido ramos de flores de sus padres con motivo su primera menstruación. Otras, de que lo festejaron en familia, con pasteles y todo. Pero esas chicas eran minoría. Para la mayor parte, la primera regla era un secreto que solo podían compartir con su madre o con sus hermanas. Un secreto fastidioso, doloroso y algo vergonzante. Ese fue también el caso de Kim Ji-young y su familia. Su madre evitó mencionarlo directamente y se limitó a servirle más caldo, como si la menstruación fuera algo indecente sobre lo que se debía callar.

Esa noche, acostada al lado de su hermana y pasando de la angustia al malestar, Kim Ji-young reflexionó sobre lo que le había pasado durante el día. Pensó en la menstruación y los fideos instantáneos, en los fideos instantáneos y el hijo varón, en los hijos varones y las hijas, en los hijos varones, las hijas y las tareas del hogar. Un par de días después, su hermana le regaló un estuche de tela con cremallera y que tenía el tamaño de la palma de una mano. Dentro había seis compresas higiénicas.

Las compresas ultraabsorbentes o con alas se volverían comunes mucho después. Las que se usaban entonces, que había que traer de la tienda escondidas en una bolsa de plástico de color negro, no se pegaban bien a la ropa interior, así que se movían y los extremos se doblaban hacia el centro. Para colmo, tenían una pésima capacidad de absorción. Por mucho que una se cerciorara de que estaban bien fijadas, con frecuencia manchaban la ropa o las mantas de la cama durante la noche. Era peor en verano, cuando se usaba ropa más ligera. Algunas mañanas, aún medio dormida, Kim Ji-young se aseaba, desayunaba, entraba al baño, iba a la cocina y atravesaba la sala como si nada, y su madre se le acercaba y le daba unos codazos. Cada vez que pasaba esto, ella se escapaba a su cuarto como si hubiera hecho algo malo y se cambiaba.

Más insoportable que esas incomodidades era el dolor menstrual. Había anticipado cómo sería con arreglo a lo que le había contado su hermana; sin embargo, el segundo día aumentaba el sangrado, se le hinchaban el pecho y el abdomen y le dolían la cintura, las caderas, las nalgas y hasta los muslos. En el colegio, si iba a la enfermería, le daban una bolsa calentadora para calmar los dolores. Pero esta, de color rojo y llena de agua caliente, era demasiado grande y olía a caucho, por lo que no le convencía la idea de andar con esa cosa encima porque sentía que estaba anunciando que tenía la regla. Pero tampoco tomaba pastillas, de esas que se publicitaban como el remedio para todo, desde cefaleas hasta dolores dentales y menstruales, porque la aturdían y le provocaban náuseas. Simplemente, se aguantaba. Al fin y al cabo, era algo habitual que venía cada mes y duraba varios días. Pensaba ciegamente que quizá podría ser malo para la salud depender de los fármacos cada vez que menstruaba.

Mientras hacía los deberes, acostada boca abajo y agarrándose el vientre con una mano, Kim Ji-young decía una y otra vez que no lograba entenderlo. La menstruación es algo que tiene la mitad de la humanidad, remarcó, y agregó que, si una farmacéutica desarrollara un buen medicamento solo para los dolores menstruales sin efectos secundarios, en vez de esas pastillas vagamente clasificadas como analgésico y que encima provocaban náuseas, ganaría mucho dinero. Su hermana asintió al escucharla y le pasó una botella de plástico con agua caliente envuelta en una toalla.

—Eso digo yo. Es increíble que hoy en día, cuando se cura el cáncer y se trasplantan corazones, no haya una medicina para los dolores menstruales. Se creen que va a llegar el fin del mundo si entra alguna droga en el útero. ¿Es que es un santuario intocable?

Su hermana señaló su vientre con el dedo y Kim Ji-young se rio, aun con dolores y la botella de plástico entre los brazos.

Al empezar el bachillerato, fue asignada a un instituto a quince minutos en autobús desde su casa. Empezó a ir a una famosa academia privada fuera del horario lectivo que quedaba a treinta minutos en autobús desde donde vivía y también comenzó a salir con sus amigas por una zona universitaria que estaba a una hora de distancia. Sin embargo, al ampliar su vida social así, de repente, se dio cuenta de que el mundo era enorme y estaba lleno de pervertidos a su alrededor. En el autobús o en el metro, no eran pocas las veces que manos sospechosas le tocaban el trasero o le rozaban los senos. Incluso había otros degenerados que, sin tapujos, se pegaban a su espalda o presionaban la entrepierna contra sus muslos. Y, a pesar de que odiaba a los chicos de la academia, a los de la iglesia o a esos que recibían clases particulares de alguna materia, los cuales, sin motivo, les colocaban la mano sobre los hombros, les acariciaban el cuello o les miraban el escote que se formaba en las camisetas estiradas o entre los botones de sus blusas, las chicas como Kim Ji-young no podían ni siquiera gritar, solo tratar de evitar tales situaciones.

El colegio tampoco era una zona segura. Siempre había algún que otro profesor que les metía la mano por la manga para pellizcar la parte más carnosa del brazo de las estudiantes, que les tocaba las nalgas o que les manoseaba la espalda justo a la altura del sostén. Un profesor que tuvo en primer año, un hombre entrado en la cincuentena, llevaba siempre un puntero cuyo extremo tenía forma de mano con el dedo índice levantado. Con el pretexto de revisar si las estudiantes tenían la placa con su nombre en el uniforme, les punzaba un pecho con ese palo; también les levantaba las faldas con la excusa de comprobar si cumplían con el reglamento de vestimenta. Un día, cuando el profesor dejó por descuido el puntero en el aula, la chica que, por tener un busto más grande que las demás, más a menudo era el blanco de esas revisiones, se levantó, cogió el puntero, lo tiró al suelo y lo pisoteó con rabia, llorando. Las chicas sentadas en la primera fila recogieron los pedazos y su mejor amiga la consoló.

En realidad, Kim Ji-young tenía suerte porque solo iba al colegio y a la academia. La situación era mucho peor para aquellas de sus amigas que hacían algún trabajo a tiempo parcial. Ellas eran víctimas de unos jefes que las acosaban y cuestionaban adrede su forma de vestir o su conducta en el trabajo, o de clientes que creían que pagar por un producto también les otorgaba el derecho a acosarlas. Las chicas, por su parte, acumulaban en lo más profundo de su ser de manera inconsciente un gran temor y desencanto hacia los hombres.

Un día, Kim Ji-young tuvo clases extra en la academia. Era tarde y bostezaba mientras esperaba el autobús cuando un chico la miró a los ojos y la saludó. Su cara le pareció familiar, pero era un desconocido. Aun así le devolvió el saludo, un poco incómoda, pensando que tal vez era un estudiante de la academia que iba a su clase. Entonces, el chico, que estaba a unos pasos de distancia, se le acercó. Y, después de que las personas que estaban en la parada se montaran cada una en su autobús, se quedó a solas con ella.

—¿En qué autobús te vas?

—¿Perdón? ¿Por qué lo preguntas?

—Me pareció que querías que te acompañara hasta tu casa.

—¿Yo?

—Sí.

—No, para nada. No te preocupes.

Quiso preguntar quién era y si la conocía, pero tuvo miedo de alargar la conversación. Por ello, esquivó su mirada y se quedó quieta fijándose en las luces de los coches que pasaban a lo lejos. Llegó su autobús, pero Kim Ji-young fingió desinterés hasta el último segundo, cuando salió corriendo a montarse antes de que abandonara la parada. Entonces, el chico se subió rápidamente detrás de ella. Una vez dentro, miraba de reojo su reflejo en la ventana una y otra vez, y el solo hecho de pensar que ese chico también estuviese mirándola la volvía loca.

—Muchacha, ¿estás bien? ¿Te sientes mal? Siéntate aquí —le dijo una mujer a Kim Ji-young, que estaba pálida y sudando del miedo.

La mujer, con cara de fatiga, como si volviera a casa después de una larga jornada laboral, le cedió su asiento.

Kim Ji-young quiso pedirle ayuda. Le agarró la punta de los dedos y trató de hablarle con la mirada. Pero la mujer, sin captar la situación, le preguntó de nuevo:

—¿Te sientes muy mal? ¿Quieres que te lleve a un hospital?

Kim Ji-young negó con la cabeza. Bajó la mano para que el chico no viera lo que estaba haciendo y extendió el pulgar y el meñique para indicar que necesitaba usar el móvil. La mujer miró la expresión de su cara y la seña que le hacía con la mano, pero siguió desconcertada hasta que, tras reflexionar brevemente, sacó su móvil del bolso y se lo dio. Entonces ella mandó un mensaje de texto a su padre con la cabeza gacha: «Soy Ji-young. Ven a recogerme a la parada del autobús. Rápido. Por favor».

Mientras el autobús se acercaba a su parada, Kim Ji-young miró desesperada por la ventana, esperando que su padre estuviera allí. No estaba. Cuando se abrió la puerta del autobús, el chico estaba de pie, un paso detrás de ella. Tenía miedo de bajar, pero tampoco podía viajar tan tarde por barrios desconocidos en ese autobús. Por Dios, no me sigas. No me sigas. No me sigas. Rezando para sí misma, Kim Ji-young se bajó del autobús. El chico la imitó. Estaban solos. No había nadie a su alrededor en esa parada, ubicada en una zona apartada, y estaba más oscuro de lo habitual debido a que el alumbrado se encontraba estropeado. Ella estaba petrificada de miedo y el chico se le acercó diciendo en voz baja:

—Pero si siempre te sientas a mi lado. Me pasas los apuntes de clase con una sonrisilla. Y dices «Me voy», siempre insinuándote. ¿Por qué ahora me tratas como a un pervertido?

Ella no entendía nada. No sabía quién se sentaba detrás, qué cara ponía al pasar los apuntes, ni qué decía para pedir que se hicieran a un lado los que le cortaban el paso en el pasillo. En ese momento, el autobús que había arrancado se detuvo y la mujer del móvil le gritó:

—¡Oye! ¡Muchacha! ¡Te dejas esto!

La mujer acudió a la carrera sacudiendo una bufanda, su bufanda, la que hasta entonces había llevado al cuello, una que claramente no le pegaba a una colegiala como Kim Ji-young.

—Malditas —dijo el chico, y se alejó.

En la parada del autobús, al lado de la mujer, Kim Ji-young se sentó en el suelo y rompió a llorar. Entonces apareció su padre por la salida de un callejón, jadeando. Ella les contó brevemente a su padre y a la mujer lo que le acababa de ocurrir. Que le parecía que era un chico que iba a la misma clase que ella en la academia, pero que en ningún caso se acordaba de él. Que le parecía que él se había hecho a la idea de que ella mostraba interés por él. La mujer, Kim Ji-young y su padre se sentaron en el banco de la parada a esperar el siguiente autobús. El padre le dijo a la mujer que había salido de casa con las manos vacías por la prisa que tenía, se disculpó por no poder siquiera pagarle el taxi y dijo que se encontraba en deuda con ella. La mujer agitó las manos como diciendo que no pasaba nada.

—Los taxis son más peligrosos. Además, su hija se ha asustado mucho. Cálmela.

No obstante, ese día Kim Ji-young recibió una fuerte regañina de su padre, que le recriminó que fuera a una academia que quedaba tan lejos, que hablara con cualquiera, que se pusiera faldas tan cortas... Que toda la vida le habían insistido en lo mismo. Que tuviera cuidado. Que se vistiera bien. Que se comportara como era debido. Que se preocupara por evitar caminos, horarios e individuos peligrosos. Que la culpa la tenía la persona que no había medido el riesgo ni había sabido evitarlo.

La madre de Kim Ji-young llamó luego a la mujer del autobús, ofreciéndole el importe que le había costado regresar desde la parada del autobús a su casa en taxi o bien un obsequio, aunque fuera un café o una bolsa de mandarinas, pero la mujer lo rechazó todo. Kim Ji-young decidió darle las gracias personalmente y también la llamó. La mujer le dijo que se alegraba de hablar con ella y le soltó de repente: «La culpa no es tuya». Aseguró que en el mundo había muchos hombres extraños, que ella misma había sido víctima alguna vez, que el problema eran ellos, no ella. Al escuchar esas palabras, Kim Ji-young no pudo contener las lágrimas. Y mientras no podía hacer comentario alguno porque no paraba de llorar, la mujer agregó:

—Pero ¿sabes?, en el mundo hay más hombres buenos que malos.

Al final, Kim Ji-young dejó de ir a la academia y durante mucho tiempo no pudo siquiera aproximarse después de la puesta del sol a esa parada de autobús. Borró la sonrisa de sus labios y evitó cruzar miradas con desconocidos. Tenía miedo de todos los hombres. Un día incluso gritó al toparse con su hermano en las escaleras. En esos momentos de pánico, se acordaba de las palabras de la mujer del autobús. Que ella no era culpable de nada. Que en el mundo había más hombres buenos que malos. De no ser por esas palabras, durante mucho tiempo no habría podido librarse del miedo.

La crisis y la intervención del Fondo Monetario Internacional en la economía del país afectaron también al hogar de Kim Ji-young, que parecía estar lejos de ese tipo de problemas. La reestructuración comenzó en el sector público, en el que los funcionarios siempre habían creído tener trabajo de por vida. Su padre, que solía alardear de que los recortes de personal o las jubilaciones anticipadas eran solo para los trabajadores del sector financiero o de las grandes empresas, recibió la recomendación de retirarse. Sus colegas se mantenían firmes en que por nada del mundo iban a abandonar la función pública. El padre de Kim Ji-young coincidía con ellos, pero se sentía inseguro. Aunque no ganaba mucho, estaba orgulloso de tener un trabajo estable y de mantener con él a su familia. No obstante, al ver que la estabilidad de los suyos se veía amenazada pese a esforzarse por salir adelante, trabajar duro, no cometer errores como siempre había hecho y pasar sus días sin hacer nada malo, su desconcierto fue enorme y mayor aún su confusión.

El problema era que la hermana de Kim Ji-young cursaba en ese momento su último año de bachillerato y, aunque la familia parecía estar en la cuerda floja, mantenía calificaciones satisfactorias sin dejarse influir por las circunstancias. Si bien no era una estudiante sobresaliente, había logrado mejorar poco a poco sus notas durante todo el tercer año de bachillerato y obtener una buena nota en la selectividad.

La madre de Kim Ji-young le propuso con cautela a su hija mayor ingresar en una universidad pedagógica regional. Lo sugirió después de reflexionar mucho, considerando sobre todo cómo los mayores eran despedidos y los jóvenes no tenían dónde trabajar. Su marido, de quien nadie había dudado que iba a trabajar hasta llegar a la edad de jubilación, podía quedar desempleado en cualquier momento, y tenía otra hija y un hijo que seguían en el colegio. Por todo eso, la madre quería que su hija mayor fuera a la universidad y estudiara una carrera que pudiera garantizarle estabilidad laboral; primero, por su propio bien, pero también por el bien de la familia. Además, la matrícula costaba poco. Sin embargo, eran tiempos en los que los oficios de funcionario y profesor de colegio ya eran más populares y la calificación mínima necesaria para postularse a universidades de Educación había subido a más no poder. Con la nota que había sacado en selectividad, la hermana de Kim Ji-young podía acceder a una universidad en Seúl, pero no a la Universidad Nacional de Educación.

A pesar de ello, como aspiraba a ser productora de televisión, decidió seguir la carrera de Comunicación y, después de revisar las universidades en las que podría ingresar con sus calificaciones, empezó a prepararse para la prueba selectiva que esos centros de educación superior organizaban como examen de admisión de nuevos estudiantes. Por eso, cuando su madre le habló de ir a una universidad pedagógica, ella rechazó la propuesta sin titubear ni un segundo.

—Yo no quiero ser profesora. Mi aspiración es otra. Además, ¿por qué debo dejar esta casa e irme a estudiar a otra ciudad?

—Piensa en el futuro. Para una mujer no hay mejor profesión que la docencia

—¿Cómo que no?

—La jornada laboral es corta. Dispones de vacaciones. Es fácil solicitar bajas. No hay mejor trabajo que ese para una mujer que tiene que cuidar de sus hijos.

—Ciertamente, es el trabajo perfecto para compatibilizar con el cuidado de los hijos. Entonces, es un buen trabajo para todos, no solo para la mujer, ¿no? ¿Acaso los hijos los tiene solo la mujer? Mamá, ¿vas a decirle lo mismo a tu hijo? ¿A él también lo vas a enviar a una universidad pedagógica?

Nunca nadie les había dicho a Kim Ji-young y a su hermana que debían encontrar buenos partidos y casarse, que debían ser buenas madres o que tenían que ser buenas cocineras. Por supuesto, se encargaron desde niñas de una parte considerable de los quehaceres domésticos, pero lo hacían para ayudar a sus padres y demostrar que podían valerse por sí mismas, no porque fueran mujeres y debieran acostumbrarse a esas tareas. Cuando ya eran relativamente mayores, las regañinas que recibían de sus padres eran de dos tipos. Por un lado, corregían sus hábitos. Que se sentaran con la espalda recta. Que mantuvieran ordenados sus escritorios. Que no leyeran con poca luz. Que prepararan sus maletines con tiempo. Que saludaran educadamente a los mayores... El otro tipo de regañina era para decirles que estudiaran.

Los tiempos habían cambiado y ya no había padres que pensaran que no importaba que la mujer no estudiara o que estudiara poco. Desde hacía años se consideraba natural que las niñas fueran al colegio con uniforme y maletín, y las chicas se rompían la cabeza al igual que los chicos tratando de descubrir su verdadera vocación, planificando su vida profesional y esforzándose por tener un futuro mejor. Es más, era una época en la que aumentaban las voces de aliento y de apoyo que proclamaban que no había nada que una mujer no pudiera llevar a cabo. En 1999, cuando la hermana de Kim Ji-young cumplió diecinueve años, se promulgó una ley que prohibía la discriminación de género y en 2001, cuando Kim Ji-young llegó a esa edad, se fundó el Ministerio de la Mujer.* No obstante, en los momentos más decisivos, la etiqueta «mujer» se volvía prominente y a algunas las cegaba, detenía las manos emprendedoras de otras y hacía retroceder a otras muchas. Eso generaba mayor confusión y desconcierto.

—Ni siquiera yo sé si me casaré o si tendré hijos. O puede que me muera antes. ¿Por qué tengo que renunciar a lo que quiero ser o hacer por un futuro que no sé si llegará o no?

Su madre giró la cabeza y clavó la mirada en el mapamundi pegado en la pared. El mapa estaba algo desgastado en las esquinas y en algunas partes tenía pegatinas con forma de corazón de color verde y azul. Kim Ji-young había recibido las pegatinas de su hermana. Esta las había comprado para adornar su agenda, pero las compartió con ella y le propuso usarlas para indicar los países a los que cada una deseaba viajar. Kim Ji-young escogió destinos conocidos y de los que había oído hablar muchas veces, como Estados Unidos, Japón y China, mientras que su hermana puso las pegatinas sobre los países nórdicos, como Dinamarca, Suecia y Finlandia; y cuando Kim Ji-young le preguntó por qué quería viajar a esos lugares, ella respondió

---

* Página web del Ministerio de Igualdad de Género y Familia.

que porque imaginaba que allí habría pocos coreanos. Su madre estaba al tanto del significado de esas pegatinas.

—Tienes razón. Me equivoqué. Fue una mala idea. Prepárate bien para la prueba de selección.

Tras asentir con la cabeza, cuando estaba a punto de darse la vuelta, su hermana la llamó:

—Mamá. ¿Es porque la matrícula es más barata? ¿Porque garantiza en cierta medida un trabajo estable? ¿Porque permite ganar el dinero justo después de graduarse? ¿Porque mis hermanos seguirán necesitando dinero para los estudios mientras papá no tenga asegurado su trabajo?

—Sí, es por todo eso. Pero también creo que, en muchos sentidos, la docencia es una buena profesión. En todo caso, te doy la razón.

La madre fue sincera y su hija no hizo más comentarios.

La hermana de Kim Ji-young leyó libros y documentos sobre educación primaria, consultó varias veces al profesor de su colegio encargado del programa de orientación vocacional y fue personalmente al campus de una universidad pedagógica regional para volver a casa con una solicitud de acceso. Esta vez también su madre intentó persuadirla. La entendía mejor que nadie, ya que ella misma había tenido que renunciar a su sueño por el bien de su familia y sus hermanos. En algún momento, su madre había dejado de verse con ellos. El arrepentimiento y el resentimiento por aquel sacrificio involuntario eran profundos y persistentes, tanto que al final arruinaron la relación familiar.

La hermana de Kim Ji-young afirmó que ese no era su caso. Confesó que sobre la profesión de productor de televisión solo sentía mera admiración y no sabía bien cómo era ese trabajo. Que, en realidad, disfrutaba desde niña leyéndoles a sus hermanos, ayudándolos a hacer los deberes, armando algo juntos o pintando entre todos. Que quizá su vocación fuera la docencia.

—Como tú decías, mamá, es una buena profesión. Se trabajan pocas horas, hay vacaciones y es estable. Sobre todo, me parece grandioso enseñar cosas nuevas a los niños, que están frescos como lechugas. Claro que también tendré que levantar la voz con más frecuencia.

La hermana de Kim Ji-young fue admitida en la universidad pedagógica cuyo campus había visitado. También logró entrar en la residencia universitaria. Su madre, tras acomodar los muebles frente a ella, que era incapaz de esconder su exaltación veinteañera, y después de darle consejos que no fueron escuchados, volvió a casa y lloró durante largo rato sobre el escritorio vacío de esa hija que había abandonado el nido. Lloró porque pensaba que había hecho mal en dejarla ir tan lejos cuando aún era una niña. Que debía haberle dado la libertad para escoger la carrera que quisiera. Que no debió haberle impuesto una vida como la suya. Pero no sabía exactamente si lloraba porque sentía pena por su hija o por sí misma y Kim Ji-young solo pudo consolar a su madre de una manera:

—Ella quería ingresar en esa universidad. Te lo digo de verdad. Dormía todas las noches con el folleto entre los brazos. ¿Ves? Está todo roto.

Su madre se calmó un poco al repasar el folleto de la universidad página a página, que estaba desgastado y cuyas partes dobladas estaban a punto de romperse.

—Vaya, es tal cual dices.

—¿La has criado durante veinte años y todavía no la conoces? ¿Crees que iba a hacer algo que no le gustase? Ha tomado esa decisión porque ha querido. Así que no te aflijas tanto.

Su madre salió del cuarto con mejor cara y menos preocupación. Tras quedarse sola, Kim Ji-young se sintió extraña, desorientada, pero también feliz de no tener ya que compartir esa habitación con su hermana; tanto que pensó que podría dar un salto hasta el techo. Se pudo a rodar por el suelo y gritó eufórica. Era la primera vez que tenía un cuarto propio, enteramente para ella. Pensó entonces que podría deshacerse del escritorio de su hermana y comprar una cama, en lugar de dormir en el suelo. Siempre había deseado tener una cama. Así, el ingreso en la universidad de la hermana de Kim Ji-young contentó a toda la familia.

El padre de Kim Ji-young, finalmente, optó por la jubilación anticipada. Le quedaban muchos años de vida por delante, pero los tiempos habían cambiado drásticamente; ahora había ordenadores en todos los escritorios, mientras que él seguía tecleando solo con los índices. Declaró que iba a empezar una nueva vida antes de que fuera demasiado tarde, pues ya llevaba suficiente tiempo trabajando como para recibir la pensión de funcionario. Además, si renunciaba en ese momento, podía percibir una indemnización bastante cuantiosa. Aun así, incluso a Kim Ji-young, que no sabía nada de la vida, le pareció una decisión poco sensata y alejada de la realidad, considerando que su hermana apenas había iniciado los estudios universitarios y que ella y su hermano seguían suponiendo un elevado gasto para la familia. Pero, a diferencia de lo intranquila que estaba Kim Ji-young, su madre no protestó ante la decisión de su esposo, ni mostró síntomas de preocupación; tampoco intentó persuadirlo para que cambiara de parecer.

Tras cobrar la liquidación, el padre de Kim Ji-young anunció a su familia que iba a poner en marcha un negocio. Un colega suyo iba a emprender un proyecto comercial con otros amigos relacionado con China, y le había propuesto trabajar juntos. Su padre dijo que iba a invertir en ello gran parte de la indemnización recibida por la jubilación anticipada. Sin embargo, su madre se opuso rotundamente.

—Has pelado duro durante todo este tiempo para sostener a esta familia. Te lo agradecemos. Ahora tienes que descansar. Descansa, sin más. No quiero oírte pronunciar ni la C de China. Si inviertes en eso, me divorcio de ti.

Los padres de Kim Ji-young, si bien eran personas reservadas, iban de viaje juntos al menos una vez al año y a menudo salían solos de noche a ver una película o a tomar unas copas. Nunca habían protagonizado una gran pelea frente a sus hijos. Cuando había que tomar una decisión importante, la madre exponía su opinión cuidando sus palabras y el padre la seguía. La jubilación anticipada fue la primera decisión que el padre tomó por cuenta propia en veintitantos años de matrimonio y quiso con ese impulso empezar un negocio. No obstante, eso originó una grieta difícil de salvar entre su mujer y él.

Un día, cuando aún el hielo se interponía entre ellos, su padre se estaba preparando para salir y le preguntó a su esposa: «Oye, ¿dónde está eso?». Entonces, ella sacó de un cajón un cárdigan azul marino y se lo dio. «Y esa otra cosa, ¿dónde está?», preguntó, y ella le pasó unos calcetines negros. A la tercera pregunta, ella le colocó el reloj en la muñeca.

—Te conozco mejor que tú mismo. Tú tienes otros dones. No insistas más en ese negocio con China.

El padre de Kim Ji-young renunció así al proyecto chino y dijo que quería montar una tienda. La madre vendió a buen precio el apartamento que había adquirido con una operación que (inteligentemente) involucraba un acuerdo con un inquilino y con ese dinero, sumado a la indemnización de su esposo, compró un local en la primera planta de un complejo comercial-residencial medio vacío. Lo compró a un precio relativamente alto para un local que no estaba situado en una avenida grande, sino en un punto poco atractivo, pero ella juzgó que valía la pena invertir en ese inmueble. Las viejas zonas residenciales de los alrededores estaban transformándose en modernos vecindarios de edificios de apartamentos y, si querían poner un negocio, era indispensable poseer un local. Su madre tenía la teoría de que poseer un local, aunque fuera en un edificio medio vacío, sería más beneficioso que abonar un alquiler todos los meses o comprar a un alto precio un espacio en el que ya operaba un negocio, pagando de más por la fama o popularidad de la tienda.

El primer negocio que montó el padre de Kim Ji-young fue un restaurante. Estaban de moda las franquicias de restaurantes especializados en un tipo de guiso de pollo con salsa de soja y su establecimiento también fue un éxito en un primer momento, tanto que se formaban largas colas frente a la puerta. Sin embargo, la popularidad fue efímera. El padre cerró el restaurante sin sufrir grandes pérdidas, aunque tampoco obtuvo ganancias. El segundo negocio que abrió fue también un restaurante, esta vez de pollo frito. Con todo, no era tanto un restaurante, sino más bien una cantina. Y el padre, que estaba acostumbrado a trabajar jornadas fijas desde las nueve de la mañana hasta las seis de la tarde, envejeció rápidamente sirviendo mesas hasta altas horas de la noche. Cerró súbitamente el negocio por razones de salud. Luego abrió una panadería a través de una franquicia. Pero poco después aparecieron establecimientos similares en la zona. Incluso inauguraron otra panadería perteneciente a la misma franquicia al otro lado de la calle. Pasado un tiempo, algunas empezaron a cerrar y todas presentaban serios problemas de rentabilidad. El padre de Kim Ji-young, que no tenía que pagar alquiler, aguantó un poco más, pero no tuvo otra alternativa que aceptar el fracaso cuando llegó al barrio una megapastelería.

Cuando Kim Ji-young cursaba el tercer año de bachillerato, el ambiente en la casa era pésimo, igual que cuando su hermana tenía su edad. Sus padres no podían ocuparse bien de sus hijos, pues se veían obligados a sobrevivir como fuera y correr de aquí para allá a fin de garantizarles un futuro mejor. Por eso, Kim Ji-young pasó el último año de bachillerato estudiando y encargándose de lavar los uniformes, preparar la comida para llevar a la escuela y ayudar a su hermano a ir por el buen camino y concentrarse en los estudios. Naturalmente, hubo instantes en los que se sentía exhausta y le entraban ganas de dejarlo todo. Sin embargo, los comentarios de su hermana de que en la universidad iba a perder peso y conseguir novio, aunque repetitivos, fueron su motivación. De hecho, su hermana había adelgazado muchísimo y había iniciado un romance, lo cual fue un estímulo para ella.

Kim Ji-young aprobó satisfactoriamente la selectividad. No obstante, a partir de ahí empezó a preocuparle que sus padres pudieran financiar debidamente sus estudios universitarios. Un día, cuando su madre estaba en casa preparando la cena para ella y para su hermano, Kim Ji-young dejó escapar inadvertidamente unos comentarios llenos de preocupación por la situación del local, la salud de su padre y el saldo en la cuenta familiar. Se angustió mucho debido a la posibilidad de que su madre se desmoronara y se pusiera a llorar, o que dijera que ella misma debería ocuparse de reunir el dinero para la matrícula universitaria. Por suerte, su madre acabó con su angustia con cuatro palabras:

—Primero entra, preocúpate luego.

Kim Ji-young ingresó en la facultad de Humanidades de una universidad en Seúl. Era el resultado de su propio esfuerzo, ya que ningún miembro de su familia podía darle apoyo o consejos, por lo que ella sola analizó sus posibilidades y se preparó para la admisión. Pero a partir de ahí renació su preocupación por la cuestión económica. Su madre fue sincera al anticiparle que tenía suficiente para pagar solo la matrícula del primer año.

—Si la situación no mejora de aquí a un año, vendemos la casa o el local. Así que no te preocupes.

El día en el que se graduó de bachillerato, Kim Ji-young se emborrachó por primera vez en su vida. Su hermana las llevó a ella y a dos de sus amigas a un bar y las invitó a beber. Nunca había probado el alcohol y no esperaba que fuera tan rico y dulce. Le gustó y bebió una copa tras otra hasta quedar completamente ebria. Su hermana la cargó sobre la espalda y, medio arrastrándola, la llevó a casa. «Qué cosas le enseñas», le reprocharon sus padres a su hermana, pero a Kim Ji-young no le dijeron nada.

2001-2011

Kim Ji-young se había propuesto estudiar duro en la universidad y obtener alguna beca, pero se dio cuenta de que había sido demasiado ilusa. El primer semestre recibió un promedio de menos de tres puntos sobre un total de cuatro y medio, incluso sin faltar a ninguna de sus clases, entregando todas las tareas y sin descuidar los estudios. En el colegio había mantenido calificaciones relativamente altas y, aunque le hubiera ido mal en algún examen, había sido capaz de mejorar sus notas poniéndose las pilas y en la siguiente prueba sacaba un buen resultado. Lamentablemente, eso no era posible en la universidad, donde se agrupaban estudiantes de nivel similar y, por ende, era difícil sobresalir. Lo peor era que no sabía cómo estudiar sin los libros de apoyo ni los modelos de exámenes escolares de los que solía disponer en el colegio.

Eso de que los universitarios eran unos vagos era cosa del pasado. No había jóvenes que salieran de fiesta, se pasaran con las copas y descuidaran sus estudios por completo. La mayoría estaban muy ocupados: estudiaban, aprendían inglés, hacían prácticas, participaban en concursos y trabajaban a tiempo parcial. «Es que el mundo está loco», dijo su hermana al escuchar comentar a Kim Ji-young que el romanticismo había desaparecido del campus.

Muchas de sus amigas confesaban que el negocio familiar había quebrado o que sus padres estaban desempleados. La economía nacional seguía mal y, aunque ni sus amigas ni los padres de estas tenían trabajos de calidad, el precio de la matrícula universitaria subía sin parar, como si quisiera recuperar el tiempo que se había mantenido congelado debido a la crisis. En la década de los 2000, el aumento del coste de la matrícula de las universidades duplicó la tasa de inflación.* La chica de la que se había hecho amiga al entrar en la universidad dejó los estudios tras finalizar el primer año. Su familia vivía en una ciudad a unas tres horas en autobús de Seúl y decía que había tratado por todos los medios de ser admitida en una universidad de la capital para no seguir bajo la sombra de sus padres. Aunque no eran amigas íntimas, a ella le daba la impresión de que no recibía ningún apoyo económico de su familia, pues al interrumpir sus estudios le había dicho que le era imposible costearse la matrícula, los libros, el alquiler y la vida, por muy duro que trabajara.

—Después de pasar toda la tarde dando clases en una academia de redacción de ensayos académicos y trabajar por la noche en una cafetería, regreso a casa, me aseo y ya son las dos de la madrugada. Pero a esa hora debo, además, o bien preparar la clase de redacción del día siguiente o bien revisar las tareas de los chicos a quienes enseño. Terminado todo esto, puedo dormir un rato. Y ya sabes que en mi tiempo libre, entre clase y clase de la universidad, trabajo en la oficina de administración de la facultad. Por eso estoy cansada todo el tiempo. El sueño me vence cada vez que tengo que estudiar y prestar atención en clase. Mi vida universitaria es un desastre, y también mis notas, por todo lo que tengo que trabajar para mantenerla. Qué vida tan miserable.

Dijo que se quedaría en su ciudad durante un año para ahorrar. Kim Ji-young la escuchó sin hacer comentarios, porque pensó que nada la alentaría o le levantaría el ánimo salvo el dinero. Su amiga, que medía un metro sesenta y tantos, le contó que había perdido doce kilos desde que iba a la universidad y que apenas llegaba a los cuarenta. «Y decían que adelgazaría en la universidad», dijo riéndose y

---

* «Inquietante lucha por la matrícula universitaria», Agencia Yonhap, 6 de abril de 2011.

aplaudiendo como si hubiera inventado un ingenioso chiste. Las mangas de su chaqueta gris estaban dadas de sí y por los agujeros de esas mangas se veían sus muñecas esmirriadas.

Kim Ji-young, en cambio, llevaba una vida universitaria bastante apacible, pues vivía en casa de sus padres y no había tenido que pedir ningún préstamo estudiantil. Incluso se ganaba un dinero extra gracias al trabajo que le había conseguido su madre como profesora particular para chicos de secundaria. Aunque sus notas no eran las mejores, le gustaba su carrera y, como todavía no tenía idea de qué hacer con su vida o en qué trabajar después de graduarse, husmeaba entre los diversos grupos de aficionados que existían en el campus para probar cualquier actividad que le pudiera servir de algo en el futuro, cuando le llegara el turno de buscar empleo. Esas actividades no provocaron cambios inmediatos en ella. Desde luego no eran como las máquinas expendedoras, donde uno metía unas monedas y enseguida podía obtener algo a cambio. Sin embargo, tampoco fueron inservibles. Esas experiencias le abrieron los ojos. Kim Ji-young se dio cuenta de que, debido a las pocas oportunidades que había tenido de expresar sus sentimientos y dar su opinión, había creído siempre que era una persona introvertida, pero en realidad disfrutaba de rodearse de gente y destacar. Así, tuvo su primer novio en organizaciones de senderismo para estudiantes de la universidad.

Ese primer novio era un estudiante de Pedagogía en educación física de su misma edad. Sus compañeros del club los pusieron juntos para que el chico ayudara a Kim Ji-young, que siempre se quedaba la última cuando subían una montaña, y así intimaron. Gracias a él, Kim Ji-young fue por primera vez a un partido de béisbol y de fútbol. No entendió las reglas, pero se divirtió; eso sí, no pudo discernir si era porque le gustaba el chico o por la euforia de los estadios. Como ella no sabía nada de deportes, su novio le indicaba antes de los partidos quiénes eran los jugadores más importantes y cómo eran las reglas, para poder concentrarse enteramente en el juego una vez que este comenzaba. Un día, Kim Ji-young le preguntó por qué no le explicaba las reglas durante el partido.

—Cuando estamos en el cine, tú tampoco me explicas cada diálogo o cada escena de la película. Además, esos hombres que dan explicaciones a las mujeres en todo momento mientras ven un partido me parecen pagados de sí mismos. No llego a entender si están ahí para ver el partido o para alardear de sus conocimientos. En fin, que me caen mal.

La pareja también iba a menudo a los pases gratuitos que organizaba el club universitario de cine y siempre era Kim Ji-young quien elegía la película. A su novio le gustaba todo, desde el terror y la ciencia ficción hasta los melodramas y las películas de época. Se reía más y lloraba más fuerte que ella. Se ponía celoso si ella decía que el protagonista le parecía guapo. Incluso memorizaba los títulos de las películas de su agrado para descargar las bandas sonoras de internet y regalarle un CD con esas canciones.

Siempre se veían en el campus. Estudiaban juntos en la biblioteca, hacían los deberes en la sala de informática y, si no tenían nada que hacer, se sentaban a charlar en las gradas del campo de deportes principal de la universidad. Comían juntos en el comedor universitario, merendaban algo que compraban en la nueva tienda del edificio del consejo estudiantil y tomaban café en la cafetería de al lado. De vez en cuando, ahorraban dinero para celebrar alguna fecha especial, para ir a un restaurante elegante o de sushi, donde los platos eran por lo general demasiado caros para una pareja de estudiantes. Su novio se entretenía escuchando a Kim Ji-young contarle el contenido de algún cómic o novela que había leído cuando estaba en el colegio, o de alguna telenovela que estaba viendo en ese momento, y él, por su parte, le insistía en que debería hacer ejercicio.

La madre de Kim Ji-young obtuvo de algún lado la información de que en el edificio situado frente a su local se inauguraría una clínica pediátrica. Entonces convenció a su marido, que decía que ya no quería tener nada que ver con franquicias, para abrir un restaurante de gachas de arroz perteneciente a una cadena nacional. En efecto, en el edificio de enfrente empezó a operar una clínica de pediatría que ocupaba desde el segundo hasta el octavo piso. Por suerte y quizá porque la comida en esa clínica era mala, la clientela del restaurante comenzó a aumentar; en su mayoría, se trataba de familiares de pacientes internados que compraban gachas para llevar o gente que trataba de saciar el hambre rápidamente entre las entradas y salidas de la clínica. Mientras tanto, también fueron habitados los complejos de edificios residenciales de los alrededores, por lo general por matrimonios jóvenes, para quienes comer fuera era algo habitual. Incluso los días laborables era fácil encontrar familias enteras cenando en restaurantes. Las que tenían niños se volvieron clientes regulares del restaurante de los padres de Kim Ji-young, ante la escasez de una oferta gastronómica que pudiera satisfacer a grandes y a chicos. Gracias a eso, los ingresos familiares aumentaron en gran medida y llegaron a superar el sueldo que había recibido el padre de Kim Ji-young cuando era funcionario.

Tiempo después, la familia se enteró de que la madre de Kim Ji-young había comprado en preventa un apartamento ubicado dentro de un megacomplejo residencial cerca del local. Había cumplido con los pagos parciales mediante préstamos, pero el éxito del restaurante le había permitido saldar la deuda y completó el importe final de la adquisición con el dinero de la venta de la vivienda multifamiliar en la que vivían. Así, toda la familia —incluida la hermana de Kim Ji-young, que había regresado tras graduarse— se mudó a la casa nueva. Ella aprobó el concurso público de contratación de docentes en Seúl y renunció a las condiciones favorables que habría tenido al postularse para un puesto de profesora en otra región fuera de la capital.

Una noche, el padre de Kim Ji-young salió a una reunión con unos excolegas y volvió con alguna copa de más. Borracho y de buen humor, llamó a gritos desde el salón a sus tres hijos, tan fuerte que su voz resonó por toda la casa. El menor, que no se había dado cuenta de la llegada de su padre porque estaba escuchando música por los auriculares de su iPhone, y sus hermanas, que llevaban un rato acostadas, salieron de sus habitaciones a saludar con cierto retraso. Su padre les puso en las manos su tarjeta de crédito y varios billetes, sin siquiera fijarse en cuánto dinero les daba. La madre de Kim Ji-young apareció bostezando y le reprochó su conducta.

—Hoy he confirmado que, entre mis amigos, soy yo quien lleva la mejor vida —dijo él—. Justo con lo que tengo ahora, puedo afirmar que mi vida es un éxito. He trabajado duro. Estoy más que satisfecho.

El amigo que se había metido en el negocio con China había perdido toda su indemnización, y ninguno de sus excolegas ganaba tanto, ni el que seguía en la función pública ni ese otro que había montado un negocio después de jubilarse. Entre ellos, el padre de Kim Ji-young era el que se encontraba en mejor situación económica y el que vivía en la casa más grande. Según sus propias palabras, era la envidia de todos por tener una hija que era profesora de colegio, otra que estudiaba en una universidad capitalina e, incluso, por tener un hijo varón con el que podía contar. Sin embargo, la madre de Kim Ji-young dibujó una sonrisa burlona en los labios con los brazos cruzados ante su marido, que mantenía la cabeza en alto sintiéndose orgulloso de sí mismo.

—El restaurante de gachas fue idea mía y este apartamento lo compré yo —le señaló—. Los chicos crecieron bien por su cuenta. Es cierto que tu vida es relativamente exitosa así como está, pero no es solo mérito tuyo. Nos debes mucho a nuestros hijos y a mí. Y esta noche duermes en el salón, que hueles a alcohol.

—Tienes toda la razón. La mitad del mérito es tuyo, así que, señora mía, yo estaré siempre a su servicio.

—¿Cómo que la mitad? La vida que tenemos ahora es gracias a mí en un setenta por ciento. Tu contribución apenas ha sido de un treinta.

La madre dio otro largo bostezo y le arrojó a su marido su almohada y una manta. Él quiso dormir con su único hijo varón, pero este también lo rechazó porque apestaba a alcohol. Aun así, no se ofendió y, manteniendo el buen humor, se tumbó sin asearse y con la manta enrollada alrededor del cuerpo en mitad del salón. Poco después empezó a roncar.

El novio de Kim Ji-young acudió al servicio militar obligatorio al terminar el segundo año de universidad. Ella conoció a sus padres y hasta fue a despedirlo a la entrada del campo de entrenamiento al que había sido asignado. Sin embargo, pocos meses después sintió una tremenda soledad. Le escribía cartas tan largas que difícilmente cabían en un sobre regular, pero a veces se irritaba por la situación y dejaba de contestar a sus llamadas. Su novio, que siempre había tenido un carácter tranquilo, no podía evitar saltar como un resorte debido a la tensión acumulada ante cualquier cambio de actitud o el mínimo desinterés por parte de Kim Ji-young. Se deprimía, se angustiaba y se enojaba pensando en la improductividad de esos años, que consideraba que podrían ser los más importantes de su vida, pero que estaba dejando transcurrir sin hacer nada. Así, aunque se veían de vez en cuando, después de meses de estar separados, la pareja protagonizaba escenas entrañables en el momento del reencuentro y se pasaba el resto del tiempo peleando.

Finalmente, fue Kim Ji-young la que decidió cortar la relación. Su novio, para su sorpresa, lo aceptó sin exaltarse. Sin embargo, cada vez que tenía vacaciones y salía de la base, la llamaba por teléfono una y otra vez, por la noche y borracho, y le mandaba mensajes de texto de madrugada, haciéndole la absurda pregunta de si estaba despierta a esas horas. Incluso había noches en las que vomitaba frente al restaurante de gachas de sus padres y se quedaba dormido acuclillado justo al lado del vómito. Entre los comerciantes cercanos al local de sus padres se rumoreaba que la segunda hija del dueño del puesto de gachas había traicionado a su novio mientras él estaba en el servicio militar, por lo que este venía a desquitarse tras haber desertado de la base.

Frecuentar el local del club de senderismo también la incomodaba. Así y todo, iba de vez en cuando para apoyar a aquellas estudiantes más jóvenes que ella. Era un grupo compuesto sobre todo por varones y las chicas, en la mayoría de los casos, dejaban de acudir después de aparecer unas cuantas veces por el local, pues no lograban adaptarse al ambiente. En este sentido, Kim Ji-young había tenido suerte porque, cuando ella entró al club, estaba Cha Seungyeon allí para ayudarla a adaptarse. Y, como ella, también quería ser una buena compañera.

Los estudiantes varones se referían a las integrantes femeninas como flores o como las únicas rosas entre los yuyos, y las trataban con deferencia. Por mucho que las chicas insistieran en que estaban bien, no les dejaban cargar objetos pesados, les daban a elegir primero qué comer y adónde ir a tomar algo después de una excursión y les reservaban la habitación más amplia cuando los miembros del club viajaban en grupo, aunque en ese viaje fuera solo una mujer. Luego se enorgullecían de sí mismos, ensalzaban su comportamiento y destacaban que el club se mantenía gracias a los integrantes masculinos, que se encargaban de las cosas que requerían de fuerza física y a quienes no les importaba dormir donde fuera y con quien fuera. El presidente del club era un hombre, el vicepresidente también y de las cuentas se encargaba, asimismo, un miembro varón. Los chicos organizaban actividades conjuntas con clubes de universidades femeninas y, por lo que Kim Ji-young supo más tarde, hasta tenían un grupo de licenciados integrado solo por hombres. Cha Seung-yeon siempre decía que las mujeres no querían tratos especiales, sino trabajar igual que los hombres y disponer de las mismas oportunidades. Que lo que querían no era elegir el menú del almuerzo, sino dirigir el club. Sin embargo, los hombres no le hacían caso y se tomaban sus palabras a la ligera, especialmente uno que estaba haciendo un doctorado en la escuela de posgrado y que era el que tenía mayor participación en las actividades del club desde hacía ya nueve años. Siempre hacía el mismo comentario:

—¿Cuántas veces te lo tengo que decir? No es un trabajo para mujeres. Pero vuestra presencia en el club nos anima.

—Pero yo no estoy aquí para animarte ni a ti ni a nadie. Si necesitas fuerzas, que te receten una medicina o algo que te dé energía. A decir verdad, hay veces que quiero abandonar el club, pero ya veréis, me voy a quedar hasta ver con mis propios ojos que se nombra presidenta a una mujer.

Lamentablemente, ninguna mujer ocupó la presidencia del club de senderismo antes de que Cha Seung-yeon se graduara y tuvo que transcurrir mucho tiempo hasta que saltó la noticia de que una estudiante que había ingresado en la universidad diez años después había sido elegida presidenta. «Mucho puede cambiar en una década», remarcó, no obstante, Cha Seung-yeon sin demasiada emoción cuando sucedió aquello.

Por su parte, Kim Ji-young, que también era miembro regular en todas las actividades del club de senderismo, desistió de seguir participando tras el viaje organizado para otoño cuando estaba en tercer año. Habían reservado una cabaña en un bosque no muy lejos de la universidad para reunirse allí después de hacer el recorrido. En esa cabaña, mientras unos se entretenían con juegos, otros hacían deporte y el resto se dedicaba a beber, Kim Ji-young se sintió mal. Se le había destemplado el cuerpo como si tuviera gripe, por eso se refugió en el cuarto con calefacción, donde unos compañeros estaban jugando a las cartas, y se metió debajo de unas mantas con las que se cubrió hasta la cabeza. El suelo estaba caliente y sintió que toda la tensión abandonaba su cuerpo, y las voces y las risas de los demás estudiantes le llegaban como un ruido remoto escuchado en sueños. Así, se quedó dormida durante un rato. Despertó cuando alguien pronunció su nombre.

—Parece que Kim Ji-young ya ha terminado con ese chico, ¿no?

Enseguida escuchó varias voces. Se dirigían a la persona que había mencionado el noviazgo de Kim Ji-young, le preguntaban si no había estado interesado en ella desde siempre y le decían que, si quería, podían ayudarlo a acercarse. En un principio, Kim Ji-young creyó que estaba soñando. Pero inmediatamente recobró la conciencia y pudo discernir quiénes estaban en esa habitación y quién decía qué. Eran los que acababan de retomar los estudios tras finalizar el servicio militar y que un rato antes habían estado bebiendo fuera de la cabaña. Kim Ji-young estaba totalmente despierta y tenía calor. Sin embargo, mientras hubiera allí gente hablando de ella no iba a poder quitarse la manta que la envolvía por completo y salir. No tuvo más remedio que escuchar esa bochornosa conversación a escondidas. En ese momento, oyó a alguien decir:

—Déjalo de una vez. Nadie quiere probar un chicle ya masticado.

Era un compañero famoso por su caballerosidad, a quien le gustaba beber pero que nunca presionaba a nadie para que lo hiciera y que solía invitar a estudiantes menores que él a comer, aunque prefería no acompañarlas para evitar situaciones incómodas. A Kim Ji-young le había causado una buena impresión, de ahí que al comienzo hubiera dudado de que se tratara realmente de él e intentó identificar mejor aquella voz. Pese a todo, sí era él. Era su voz. Tal vez se había pasado con el alcohol, tal vez era tímido o puede que se hubiese expresado con esa rudeza para impedir que sus amigos hicieran algo innecesario, trató de racionalizarlo, pero no pudo evitar sentirse humillada. Concluyó que incluso un hombre que habitualmente mostraba un comportamiento relativamente racional y actuaba con cierta gentileza hablaba de esa manera de las mujeres, incluso de la mujer por la que tenía interés, y repitió para sí misma: «Soy un chicle que alguien ha masticado y tirado».

Aun con el cuerpo empapado de sudor y experimentando asfixia, Kim Ji-young tuvo que permanecer debajo de la manta. Irónicamente, tenía miedo de ser descubierta, como si fuera ella la culpable de esa situación. Horas más tarde, cuando se percató de que el grupo de chicos abandonaba la habitación y volvió el silencio, pudo librarse del efecto sauna de la manta y cambiarse de cuarto.

Esa noche no pudo conciliar el sueño y, a la mañana siguiente, se topó accidentalmente con ese compañero mientras daba un paseo por los alrededores de la cabaña.

—Tienes los ojos rojos. ¿No has dormido bien?

El chico usó un tono amable, como siempre. Kim Ji-young quiso contestarle que los chicles masticados no duermen, pero prefirió callar.

Nada más comenzar las vacaciones de invierno tras su sexto semestre, Kim Ji-young se dedicó de lleno a la búsqueda de empleo. Trataba de mejorar sus notas —para ello, asistía de nuevo a las clases en las que no le había ido bien en su primer año universitario—, así como su puntuación en el examen internacional de inglés TOEIC, pero la inseguridad prevalecía. Como quería trabajar en el ámbito de las relaciones públicas y del *marketing*, buscaba convocatorias de prácticas o de concursos profesionales en las que pudiera participar. El mayor obstáculo era que la carrera que estudiaba no guardaba relación con dicha área y no podía recibir ayuda alguna.

Durante las vacaciones se matriculó en un centro cultural privado, no tanto para aprender como para ampliar su red de amistades. Tuvo suerte y formó un grupo de estudio con varias personas que conoció allí y con quienes no tardó en sintonizar. Al principio eran tres, pero entre que alguien traía a una tercera amiga, esa traía a otra y alguna dejaba el grupo, quedaron siete miembros. Una de las chicas estudiaba Administración de Empresas en la misma universidad a la que asistía Kim Ji-young. Se llamaba Yun Hye-jin. Aunque iban al mismo curso, era un año mayor que Kim Ji-young, porque había repetido selectividad. De todos modos, hicieron caso omiso de la diferencia de edad.

Las miembros de este grupo de estudio compartían información sobre convocatorias de empleo y se ayudaban unas a otras para tener el mejor currículum posible. Participaban en programas de monitoreo de productos o de promoción comercial organizados por diferentes empresas para los estudiantes universitarios y se postulaban para realizar prácticas profesionales. Mientras tanto, Kim Ji-young formó equipo con Yun Hye-jin, compitieron en varios concursos y obtuvieron algún que otro premio.

Kim Ji-young no se preocupó mucho hasta justo antes de lanzarse seriamente a la búsqueda de empleo y empezar a acudir a entrevistas de trabajo. No insistía en trabajar en una empresa grande, pues si la filosofía de la dirección coincidía con la suya y si podía conseguir el puesto al que aspiraba, no le importaría hacerlo para una organización pequeña. Su amiga era más pesimista, aunque tenía mejores notas, mejor puntuación en el examen de inglés y más certificados de aptitud profesional —como el de manejo de ordenadores o de máquinas de escribir automáticas— y, además, estudiaba una carrera mucho más demandada. Decía que iba a tener dificultades para conseguir trabajo, aunque fuera en una compañía de reputación dudosa y en la que ni siquiera tendría la seguridad de recibir la paga mensual puntualmente.

—¿Por qué dices eso? —le preguntó Kim Ji-young.

—Porque nuestra universidad no es de las mejores.

—Pero si te fijas en los seminarios de oportunidades de trabajo, hay muchos licenciados de nuestra universidad que trabajan en grandes empresas.

—Pero son todos hombres. ¿Has visto a alguna mujer entre esos licenciados?

El comentario de su amiga le cayó como un mazazo. El golpe que la despertó. Era exactamente como ella decía. Tras iniciar su séptimo semestre, acudió a todos los seminarios sobre oportunidades de trabajo y conoció a graduados que trabajaban en las empresas organizadoras. No obstante, en ninguno encontró a mujeres graduadas de su universidad. En 2005, año en el que Kim Ji-young se graduó, la tasa de contratación de mujeres quedó en el 29,6 por ciento, según la encuesta efectuada a cien compañías por un sitio web de información laboral. Basándose en tan pequeño porcentaje, decían que era fuerte la incursión de la mujer en el mundo laboral.* Sin embargo, ese mismo año, en otro sondeo, el 44 por ciento de los encargados de la gestión de recursos humanos de las cincuenta mayores empresas del país contestó que prefería a candidatos antes que a candidatas si satisfacían en similar grado los requisitos exigidos, mientras que ninguno respondió que contrataría a mujeres antes que a hombres.**

La amiga de Kim Ji-young contaba que a la facultad de Administración de Empresas llegaban ofertas extraoficiales de trabajo por medio de la administración o algún profesor catedrático, pero que solo estudiantes varones eran recomendados en esos casos. Que las ofertas se hacían con tal secretismo que era difícil saber quién era el reco-

---

* «Claves del mercado laboral 2005», diario *DongA,* 14 de diciembre de 2005.

** «Prevalece la discriminación por género y apariencia en el empleo», Agencia Yonhap, 11 de julio de 2005.

mendado y por qué razones lo contrataban, o qué empresa había hecho la oferta de trabajo en un principio, o si era la universidad la que decidía recomendar únicamente a estudiantes varones o si eran los empleadores los que pedían de antemano solo candidatos masculinos. Para ilustrar la situación, le habló de una estudiante que se había graduado unos años atrás.

La joven era la mejor estudiante de su facultad. No le faltaba nada. Tenía las mejores notas en idioma extranjero, premios obtenidos en varios concursos, una vasta experiencia en prácticas laborales, numerosos certificados de aptitud profesional y hasta una activa participación en diversos grupos estudiantiles y en programas de voluntariado. Había una empresa en particular en la que quería trabajar, pero se enteró demasiado tarde de que esa firma había entrevistado a cuatro compañeros suyos recomendados por la facultad. Lo supo gracias a uno de ellos, que se había quejado ante sus amigos tras no superar la entrevista de trabajo. Entonces, la joven acudió a su profesor consejero para exigir que se revelaran los criterios con arreglo a los cuales se habían hecho las recomendaciones y le advirtió de que, de no ser convincentes, los denunciaría públicamente. También fue a hablar con otros profesores, incluso con el director de la facultad. Durante ese proceso, los profesores le dijeron que la empresa les había dado a entender que prefería a un varón y que la recomendación era un premio para aquellos estudiantes que habían cumplido el servicio militar, así como la garantía que necesitaban para la vida que tendrían como padres y jefes de familia. En fin, le dieron unas explicaciones que ella consideró inaceptables. Con todo, la peor justificación la escuchó del director de la facultad:

—Una mujer demasiado inteligente es una complicación para una empresa. ¡Mírate! ¿Te das cuenta de lo complicada que eres?

Entonces, ¿qué? ¿Suspenderán a una mujer por ser demasiado capaz? ¿Por no ser lo suficientemente capaz?

¿O por quedarse en la media? En ese momento, la joven reconoció que era inútil pelear y dejó de protestar. Meses después, superó con éxito la convocatoria oficial para la contratación de nuevos trabajadores que había organizado la misma empresa a fin de año.

—Brillante, la chica. ¿Y ahora le va bien en esa empresa?

—No. Dicen que renunció apenas seis meses después.

Lo que había visto la joven en ese entorno laboral era que en las oficinas no había casi mujeres en puestos de responsabilidad y que, cuando ella les preguntó al respecto, todas las que compartían mesa con ella en el comedor de empleados, sin importar el rango que tuvieran en la empresa, contestaron no haber tenido noticia de que mujer alguna hubiera pedido el permiso de maternidad. Le había surgido el interrogante tras ver a una embarazada durante la hora de la comida. La joven no pudo imaginar cómo sería su vida de ahí a diez años si seguía en esa empresa y, tras una larga reflexión, presentó su renuncia. Su decisión fue criticada con tono burlón. Dijeron que era el claro ejemplo de las limitaciones de la mujer, pero ella respondió rotundamente a tales críticas diciendo que esas limitaciones no eran propias del género femenino, sino que le habían sido impuestas por otros.

La proporción de mujeres que trabajaban y que pedían la baja por maternidad apenas superó el veinte por ciento en 2003 y el cincuenta por ciento en 2009, aunque cuatro de cada diez mujeres tenían unas condiciones laborales que no les permitían acceder a esa prestación.* Por supuesto, existía también un elevado número de mujeres que ni siquiera formaba parte de la muestra estadística porque ya de por sí habían renunciado al trabajo al casarse, quedarse embarazadas y entrar en la maternidad. En cuanto a la proporción de mujeres en puestos administrativos, mostró entre 2006

---

* Yun Jeong-hye, «Uso actual del permiso de baja por cuidado de los hijos e implicaciones», Informe de Actualidad del Empleo, julio de 2015.

y 2014 un lento ascenso, si bien no alcanzaba el veinte por ciento.*

—Entonces, ¿esa chica qué hace?

—Aprobó el año pasado el examen nacional para la función judicial. Fue noticia porque se trató de la primera vez en años que una graduada de nuestra universidad superaba esa prueba. Colgaron pancartas y todo para felicitarla.

—Ahora que lo dices, me acuerdo de aquello. También en aquel entonces pensé que era una chica brillante.

—Pero es un chiste, ¿no te parece? Después de acusarla de ser una mujer difícil porque era demasiado inteligente, querían presumir de que había estudiado en esta universidad. Y eso que se preparó para ese examen por cuenta propia, sin ayuda de nadie, mucho menos de la universidad o de sus profesores.

Kim Ji-young tuvo la sensación de encontrarse en un callejón lleno de niebla y, cuando comenzó la época de las convocatorias de empleo, sintió que esa niebla se transformaba en densas gotas de lluvia que impactaban sobre su piel desnuda.

Kim Ji-young aspiraba a trabajar en una empresa alimenticia, pero se presentó como candidata a todas las ofertas de empleo que encontró sin importar el tipo de trabajo ni si la empresa contratante era relativamente grande. Entregó su currículum en cuarenta y tres compañías y todas la rechazaron. Como segunda opción, acudió como candidata a las convocatorias de empleo de dieciocho empresas pequeñas pero consolidadas. Tampoco tuvo éxito. Es más, ni siquiera le dieron la oportunidad de tener una entrevista. Su amiga Yun Hye-jin, en cambio, sí pasaba a menudo a la segunda fase del proceso de selección de nuevos trabaja-

---

* *Libro blanco de trabajo y empleo 2015,* Ministerio de Trabajo, pp. 83-84.

dores. Incluso tuvo varias entrevistas, aunque no logró ser contratada. Así, ambas empezaron a enviar sus currículos indiscriminadamente y Kim Ji-young cometió el error de mandar a una empresa la misma carta de presentación que había usado para presentarse a una convocatoria de empleo previa, sin actualizarla ni cambiar el nombre de la compañía a la que se dirigía. Irónicamente, recibió por primera vez el aviso de acudir a una entrevista.

A partir de ese momento se puso a investigar qué clase de empresa era aquella. Básicamente producía juguetes, artículos escolares y objetos de uso diario; sin embargo, no hacía mucho tiempo que había empezado a fabricar artículos promocionales para artistas y demás celebridades en colaboración con agencias de representación artística, un negocio que le había resultado muy rentable y gracias al cual creció rápidamente. Así vendía a altos precios productos sin mucha utilidad, como muñecos, diarios íntimos y tazas. En otras palabras, era una empresa que hacía dinero vaciando el bolsillo de niños y adolescentes. Kim Ji-young estaba perpleja. No se sintió entusiasmada mientras esperaba a que le hicieran la entrevista, pero extrañamente aquella fue solo al comienzo, pues a medida que se acercaba el día le nació cierta simpatía hacia la empresa y al final deseaba fervientemente conseguir el puesto.

El día antes de la entrevista ensayó hasta tarde con su hermana cómo responder a las preguntas. Se acostó después de la una de la madrugada con una capa generosa de crema humectante en la cara, pero no pudo conciliar el sueño. No podía moverse libremente por miedo a dejar manchas de crema en las sábanas y así, completamente inmóvil sobre la cama salvo por el movimiento de sus párpados, logró dormirse poco antes del amanecer. Tuvo varios sueños inconclusos y por la mañana estaba cansada a más no poder. El maquillaje le quedó fatal. Para colmo, se durmió en el autobús y tuvo que bajarse en otra parada. Aunque no llegaba tarde, tomó un taxi para no impacientarse en un día tan importante. El taxista, un señor mayor con el pelo peinado hacia atrás, se fijó en ella por el espejo retrovisor y le preguntó si iba a una entrevista de trabajo. Kim Ji-young contestó con un simple sí.

—Eres mi primera pasajera del día, pero yo no suelo empezar mi jornada llevando a una mujer en mi taxi. Esta vez he hecho una excepción y he decidido ayudarte porque tu apariencia y actitud gritan que estás yendo a una entrevista de trabajo.

¿Dice que ha decidido ayudarme? Por un instante creyó que el taxista se estaba ofreciendo a hacer el viaje sin cobrar. No obstante, enseguida captó lo que quería decir. ¿Acaso pretende que le dé las gracias aunque le pague lo que corresponde por la carrera? Era uno de esos individuos que a la mínima se muestran descorteses, pues asumen que están haciéndoles favores a los demás. Kim Ji-young cerró los ojos, no quería discutir con el taxista. Tampoco podía medir desde dónde y hasta qué punto debía quejarse.

La entrevista de trabajo se desarrolló en grupos de tres. Kim Ji-young se presentó frente a los entrevistadores junto con otras dos chicas, ambas de una edad similar a la suya. Las tres tenían un aspecto muy parecido, como si lo hubieran acordado de antemano, con el cabello cortado por debajo de las orejas, los labios pintados de rosa y trajes de color gris oscuro. El cuestionario básico se centraba en lo que habían escrito en sus respectivos currículos y cartas de presentación, con algunas preguntas adicionales sobre cómo había sido su época de estudiantes y las experiencias tanto personales como laborales que habían tenido. Luego, los entrevistadores les pidieron su opinión respecto a la empresa, al sector al que pertenecía y a las posibles estrategias de *marketing*. Hasta ahí la entrevista siguió un curso totalmente predecible y, por tanto, las tres candidatas respondieron satisfactoriamente a todas las preguntas. El imprevisto ocurrió cuando el hombre sentado a un extremo del escritorio, que no hacía más que mover la cabeza en un gesto de afirmación sin abrir la boca, planteó una situación hipotética:

—Estáis en una reunión con un cliente, pero este cliente se os insinúa. Incluso entabla contacto físico, masajeándoos los hombros y tocándoos las piernas disimuladamente. Entendéis la situación, ¿verdad? ¿Cómo reaccionaríais? Usted primero, señorita Kim Ji-young.

Kim Ji-young quiso dar la respuesta que creyó más acorde con la situación, teniendo en cuenta que iba a perder puntos tanto si mostraba confusión y una actitud demasiado pasiva como si actuaba con demasiada rigurosidad.

—Trataría de esquivar la situación de la manera más natural; por ejemplo, yendo al baño o saliendo de ese lugar con el pretexto de traer unos papeles para la reunión.

La segunda joven enfatizó que se trataba de un evidente caso de acoso sexual, por lo que ahí mismo le haría una advertencia a esa persona y, si aun así no corregía su conducta, adoptaría acciones legales. El entrevistador que había hecho la pregunta frunció el ceño y escribió unas notas en su carpeta, pero fue Kim Ji-young la que ante tal comportamiento se encogió de miedo. Finalmente habló la última candidata, que había tenido más tiempo que el resto para pensar cuál podía ser la respuesta ejemplar que esperaban los entrevistadores.

—Primero, reflexionaría si esa situación no ha sido de alguna manera provocada por mí misma, ya sea debido a mi vestimenta o a mi conducta y, si efectivamente fuera una falta mía la causa del comportamiento indebido del cliente, trataría de rectificarla.

La segunda candidata dio un fuerte suspiro, exteriorizando su fastidio ante tal absurdo. Kim Ji-young también sintió un sabor amargo en la boca al pensar lo bajo que había que caer para conseguir un trabajo. Pero, al mismo tiempo, se arrepintió de no haber dado una respuesta como aquella —que desde el punto de vista de los entrevistadores podía ser la acertada, según su criterio— y, al percatarse de tal arrepentimiento, pensó de sí misma que era patética.

Varios días después, le comunicaron por correo electrónico que no había conseguido el trabajo. ¿Habría sido por aquella última respuesta? Al final no pudo con la intriga y llamó a la empresa para preguntar por qué no la habían contratado. El de Recursos Humanos le contestó que no debía de haber sido por una respuesta en particular. Que era importante que empatizara con los entrevistadores. Que quizá no estuviera destinada a trabajar en esa empresa. Su contestación, si bien parecía sacada de un manual, la tranquilizó. Como se sentía mejor, Kim Ji-young preguntó por las otras dos candidatas que habían hecho la entrevista con ella. El responsable de Recursos Humanos titubeó al oírla decir que no tenía otras intenciones, que solo quería tener el dato como referencia para sus futuras entrevistas de trabajo.

—Ayúdeme. Estoy desesperada.

Entonces, la voz al otro lado de la línea le aclaró que esas dos tampoco estaban en la lista de los aceptados. «Entiendo», dijo Kim Ji-young, desanimada. Pensó que habría sido mejor decir todo lo que hubiera querido si, de todos modos, no iba a conseguir el trabajo.

—A ese tipo de pervertidos hay que pararles los pies. Y usted tampoco hace bien. Plantear preguntas como esa en una entrevista de trabajo es acoso sexual. ¿Acaso les pregunta eso también a los candidatos varones?

Sacó las palabras que tenía atragantadas en voz alta, frente al espejo. Aun así, no se sintió del todo desahogada. Se acaloraba de rabia incluso cuando estaba en la cama y pataleaba sin poder dormir. Después de esa experiencia, acudió a muchas más entrevistas de trabajo y en varias fue víctima de comentarios vulgares sobre su apariencia o su forma de vestir, de miradas depravadas hacia ciertas partes de su cuerpo y de contactos físicos innecesarios. Pero fracasó y no encontró un empleo. Valoró si debía postergar su graduación, hacer un alto e interrumpir el semestre o irse a un país extranjero a estudiar inglés ante la infructuosa búsqueda de trabajo. Y así terminó el otoño, improductivo, sin que le quedara otra cosa más allá de la graduación.

Tanto su hermana como su madre le decían que no se apresurara. Sin embargo, sus consejos no le sirvieron de mucho. Su amiga Yun Hye-jin había empezado a prepararse para trabajar en el sector público y le propuso seguir juntas ese camino. Kim Ji-young no lograba decidirse. En primer lugar, las oposiciones no eran su fuerte y tenía miedo de suspenderlas. Entonces sí que no tendría más opciones, porque habría perdido tiempo preparándose y acumularía aún más años sin experiencia profesional. Por eso, bajó cada vez más sus estándares y siguió enviado su currículo a ofertas de trabajo. En medio de esa etapa de desesperación, inició una relación. Solo le habló de ello a su hermana, pero esta la miró y negó con la cabeza como gesto de desaprobación.

—¿Cómo se te ocurre meterte en eso en esta situación? ¿Cómo puedes tener ahora ese tipo de sentimientos? Anda, que tú también...

Kim Ji-young se rio ante ese comentario. Era cierto que se había enamorado en un momento en el que cualquier otra persona pondría fin a un noviazgo para no desconcentrarse y, por ende, no sabía cómo reaccionar. Vio que empezaban a caer copos de nieve al otro lado de la ventana y se acordó de un poema que había leído tiempo atrás: *No se ignora la soledad porque se sea pobre. En el callejón cubierto de nieve por el que vuelvo tras despedirme de ti, se derrama la luz azul de la luna...*

El nuevo novio de Kim Ji-young era un amigo de la infancia de Yun Hye-jin. Era un año mayor que ella y aún estaba estudiando, después de haber finalizado el servicio militar. Entendía mejor que nadie su situación. No expresaba un optimismo ciego. Tampoco le ofrecía palabras de consuelo irresponsables, como que nada pasaba por retrasarse un poco en la búsqueda de trabajo. Mucho menos le recriminaba su insuficiente preparación. Se mantenía a su lado sin opinar, para ayudar en lo que fuera necesario e invitarla a unas copas si su esfuerzo no era recompensado con el resultado que esperaba.

A falta de dos días para la graduación, toda la familia de Kim Ji-young se sentó a la mesa a desayunar. A su padre, que dudaba entre cerrar el restaurante el día de la graduación de su segunda hija y abrirlo solo por la noche, Kim Ji-young le aclaró que no iba a acudir a la ceremonia. El padre vertió sobre ella toda clase de reproches y criticó su actitud, pero, extrañamente, sus palabras no la hirieron. En aquella época nada la inquietaba, solo la palabra *rechazo.* Entonces, al notar que su hija no mostraba ni un mínimo de disgusto ante sus reproches, su padre agregó un último comentario:

—Tú, pórtate bien y cásate.

No le había importado escuchar insultos o comentarios peores, pero de pronto Kim Ji-young no pudo soportar esas palabras. Sostuvo en vertical la cuchara y trató de respirar hondo al sentir que la comida se le atascaba en la garganta. Súbitamente se escuchó un ruido como el que producía una roca al partirse. Era su madre, que había golpeado la mesa con la cuchara. Su cara estaba roja de furia.

—¿Cómo dices algo tan anticuado en una época como esta? Ji-young, no te portes bien. Atrévete a hacer cosas, ¡corre riesgos! ¿Me entiendes?

Al notar la exaltación de su madre, trató de calmarla expresando que en verdad estaba de acuerdo con ella y asintió rápidamente con la cabeza a lo que acababa de escuchar. A su padre, del susto, le dio hipo. A decir verdad, fue la única vez que la familia vio al padre tener hipo. Kim Ji-young recordó que hacía tiempo, una noche de invierno, cuando la familia estaba reunida y comía batatas con *kimchi,* se habían reído porque les había dado hipo a todos, excepto al padre. Igual que la Sirenita que pierde la voz, pero a cambio ve transformarse su cola en piernas, ¿será que los hombres, cuando se hacen mayores, pierden el hipo y adquieren ideas anticuadas? Kim Ji-young se acordó por un momento de la bruja del cuento. Su padre había dejado los comentarios impertinentes y había recuperado el hipo gracias a la furia de su madre.

Ese mismo día, avanzada la tarde, Kim Ji-young recibió la noticia de que había sido aceptada en una agencia de relaciones públicas. Su angustia, su impotencia y su humillación eran como el agua que llena un vaso de cristal y aguanta sin derramarse gracias a la tensión superficial, y la palabra *aceptada* fue la gota que colmó el vaso. Kim Ji-young lloró sin parar. La persona que más feliz se puso al recibir la noticia fue su novio.

Kim Ji-young y sus padres acudieron al campus aliviados, y también lo hizo su novio. En otras palabras, era una ocasión para presentarles a sus padres al chico con quien estaba saliendo. Los cuatro, como no planeaban entrar al auditorio donde se estaba desarrollando la ceremonia de graduación, recorrieron el campus, se sacaron fotos y se sentaron en la cafetería para tomar algo y descansar. Había gentío y bullicio en todas partes, y la cafetería no era la excepción. Su novio ordenó casi a gritos cuatro tipos diferentes de café, los trajo a la mesa y al lado de la taza de café con leche de la madre de Kim Ji-young colocó una servilleta que dobló formando un triángulo perfecto. Su padre le preguntó con cara seria qué estudiaba, dónde vivía y también por su familia, y el novio respondió con respeto. A Kim Ji-young, sin embargo, la situación le hizo gracia, por lo que tuvo que agachar la cabeza y morderse los labios para no reír.

Sin nada más de que hablar, los cuatro guardaron silencio por un momento, hasta que el padre propuso ir a comer. La madre se dirigió a él y le dijo algo, murmurando y haciéndole señas con la mirada. Entonces el padre se aclaró la garganta, sacó la tarjeta de crédito, se la pasó a su hija y, vigilando la reacción de su mujer, le dijo a Kim Ji-young que él tenía que volver a su restaurante, que se fuera a comer con su novio. Justo al acabar de hablar, la madre tomó las manos del novio de Kim Ji-young entre las suyas.

—Ha sido un placer conocerte. Hoy lo dejamos aquí. Id los dos a comer algo rico, al cine y a disfrutar del día. La próxima vez, ven a nuestro restaurante.

La madre de Kim Ji-young agarró a su marido del brazo y se retiraron. El novio se despidió de ellos. Hizo varias reverencias hacia las espaldas de los padres, doblando tanto la cintura que parecía que quisiera tocar el suelo con la cabeza. Kim Ji-young se echó a reír.

—¿No es tierna mi madre? Ha arreglado la situación para que no te sintieras incómodo.

—Lo sé. Pero ¿qué es lo más rico del restaurante de tus padres?

—Todo, porque mi madre no prepara nada, es mala cocinera, pero yo he crecido fuerte y sana gracias a la comida comprada o traída del restaurante.

Como los alrededores del campus estaban abarrotados de gente debido a la graduación, ambos fueron al centro en metro. Tal y como les había aconsejado su madre, comieron algo rico, vieron una película y cada uno se compró un libro. El novio de Kim Ji-young no estaba seguro de si estaba bien pagar el suyo con la tarjeta de crédito del padre de su novia, pero ella lo tranquilizó, afirmando que a su padre le gustaba que compraran libros. Entonces, escogió un libro que de otro modo no habría podido adquirir porque era demasiado caro. Cuando salieron de la librería, felices, cada uno con un libro tan grueso y pesado como una enciclopedia, vieron que estaba nevando.

Bajo el cielo ensombrecido, la nieve caía a un ritmo pausado pero uniforme, como un obsequio que fuera igual para todos, si bien a ratos soplaba el viento y dispersaba desordenadamente los copos. El novio de Kim Ji-young alargaba su brazo en todas direcciones porque decía que coger con la mano la nieve que cae hace que se cumplan los deseos, pero no tuvo éxito. Al cabo de varios intentos, un copo grande de nieve con forma hexagonal se posó sobre su dedo índice y ella preguntó qué deseo había pedido.

—Que te vaya bien en el trabajo. Que no tengas dificultades ni penas y que no te canses demasiado. Que desarrolles tu vida profesional y que me invites a algo rico cuando cobres el sueldo.

Kim Ji-young sintió que su corazón se llenaba de suaves copos de nieve. Fue una sensación mixta: entre satisfacción, vacío interior, calidez y frío a la vez. Consideró que debería tratar de pasar menos dificultades, sufrir menos y no cansarse demasiado, como deseaba su novio, pero también actuar con más audacia y sentido de aventura, como le había aconsejado su madre.

A la hora del almuerzo, iba a comer con su tarjeta de identificación colgada del cuello. Puede que otros la llevaran de esa manera para no molestarse en buscarla cada dos por tres, pero Kim Ji-young se la colgaba adrede como un collar. En las zonas de oficinas solía ver a muchas personas que llevaban las credenciales de identificación de la empresa para la que trabajaban, con su nombre bien visible y dentro de unos colgantes plásticos y transparentes, y le solían provocar envidia. Siempre había querido estar entre esa gente, caminar por las calles con una credencial en el cuello y su cartera y su móvil en una mano, preguntándose qué comer ese día.

La agencia de relaciones públicas en la que empezó a trabajar era una empresa de unos cincuenta empleados, bastante importante dentro de su área. Aunque la proporción de hombres entre los cargos ejecutivos era mucho más alta, en general había más trabajadoras mujeres. El ambiente laboral era bueno y los colegas eran relativamente racionales y no demasiado individualistas. No obstante, la carga de trabajo era pesada y eran habituales las horas extra no pagadas después de la jornada laboral o durante los fines de semana. Había cuatro nuevos empleados, incluyendo a Kim Ji-young: dos mujeres y dos hombres, y ella era la más joven, pues había empezado a trabajar justo después de graduarse, sin interrumpir ni un semestre sus estudios universitarios.

Todas las mañanas, Kim Ji-young preparaba cafés para sus compañeros según el gusto de cada uno y los colocaba sobre sus escritorios. Cuando salían a comer, ponía los cubiertos de todos sobre una servilleta y, cuando tenían que comer en la oficina, se encargaba de tomar nota de lo que querían y hacer el pedido por teléfono. También era la primera en recoger los platos. Como era la persona más joven de su equipo, su trabajo consistía en revisar los diarios por la mañana, recopilar noticias y reportajes relacionados con sus clientes y reunirlos en un informe con unos breves comentarios. Un día, la jefa de su equipo la llamó tras leer su informe.

Kim Eun-sil era la única mujer entre los cuatro jefes de equipo con los que contaba la agencia. Tenía una hija que iba a primaria, pero de cuidar a la niña y mantener la casa se encargaba su madre para que ella pudiera concentrarse por entero en su carrera. Unos decían que era una mujer envidiable, otros que era dura, mientras que algunos elogiaban, sin fundamento, a su marido. Comentaban que el hombre, aunque no lo conocían, debía de ser una muy buena persona porque vivía con su suegra en una época en la que era más difícil la convivencia con los padres de la mujer que con los padres del marido y eran más problemáticas las relaciones entre suegra y yerno que las existentes entre suegras y nueras. Kim Ji-young pensó en su madre, que había vivido con su suegra y la había atendido durante diecisiete años. Su abuela cuidaba de su hermano menor solo durante el tiempo que su madre trabajaba como peluquera. Excepto eso, nunca contribuyó al cuidado de los niños, pues jamás se encargó de dar de comer a sus nietos, de bañarlos o de acostarlos. Tampoco hizo en vida otras tareas domésticas. Comía lo que preparaba su nuera, se vestía con la ropa que su nuera lavaba y dormía en la habitación que su nuera limpiaba. Pero nadie se refería a su madre como una excelente persona.

La jefa la felicitó mientras le devolvía el informe. Le dijo que seguía con atención su trabajo, que tenía buen ojo para seleccionar los reportajes más apropiados y que sus comentarios eran certeros. La alentó a que continuara esforzándose. Fue el primer reconocimiento que Kim Ji-young recibió en aquel trabajo y presintió que esas palabras le iban a dar fuerzas cada vez que se topase con un obstáculo en su vida profesional. Agradeció el comentario y se sintió orgullosa de sí misma, pero sin delatar demasiado su satisfacción. Su jefa le dijo sonriente:

—De ahora en adelante, a mí no me prepares café. Tampoco coloques mis cubiertos en los restaurantes ni recojas mis platos.

—Perdone si la he incomodado.

—No, no es por eso. Es porque ese no es tu trabajo. Durante muchos años me he fijado en los nuevos trabajadores que llegan a la oficina y me he dado cuenta de que las chicas, sobre todo sin son más jóvenes que el resto, asumen esas tareas que nadie quiere hacer por iniciativa propia. Los hombres, no. Aunque sea el menor de todos y sea nuevo en la oficina, un trabajador varón ni siquiera piensa en hacer esas tareas, a menos que alguien se lo ordene. ¿Por qué las mujeres sí?

La jefa le contó que trabajaba en la agencia desde que solo había tres personas en ella. Y que, al ver cómo crecía la empresa y maduraban los trabajadores, había cultivado dentro de sí la autoconfianza y el orgullo por su trabajo.

Remarcó que los compañeros varones que habían empezado a trabajar a su lado habían llegado a ser jefes de equipo, como ella, si no se habían ido a la dirección de relaciones públicas de alguna compañía más grande o abierto sus propias agencias. Que todos seguían trabajando activamente. De las mujeres, en cambio, no quedaba nadie.

Para que otros no la evaluaran solo por su condición femenina, la jefa era la última en abandonar las cenas de trabajadores después de la jornada laboral. Siempre hacía horas extra y se ofrecía para ir a los viajes de trabajo. Incluso volvió a la oficina apenas un mes después de dar a luz. Al principio estuvo orgullosa de sí misma. Luego se sintió confundida al ver que sus compañeras renunciaban una tras otra. Ahora, decía que se sentía apenada. Las cenas fuera del horario laboral no eran obligatorias y las horas extra, el trabajo durante el fin de semana y los frecuentes viajes de trabajo eran un problema que debía ser solucionado con una mejor gestión de recursos humanos. Las bajas por maternidad y para cuidar de los hijos eran un derecho. Pero su comportamiento, de alguna manera, les había arrebatado sus derechos a las trabajadoras que llegaron después que ella. Cuando la promocionaron a un puesto con rango de administrador, lo primero que hizo fue eliminar todas las cenas, excursiones o viajes fuera del horario de trabajo que creyó innecesarios. También garantizó el acceso de todo empleado, mujer o varón, a los permisos de baja por maternidad, paternidad o cuidado de los hijos. Aún recordaba la emoción vivida desde la fundación de la empresa al colocar un ramo de flores sobre el escritorio de esa subordinada suya, la primera que había pedido un año entero de baja por maternidad y que había cuidado de sus hijos, para felicitarla por su regreso a la oficina.

—¿Quién es?

—Dejó el trabajo a los pocos meses de volver.

La jefa no pudo resolver las horas extra y las jornadas laborales durante los fines de semana y, al final, aquella subordinada renunció después de andar buscando con quién dejar al niño, de gastar gran parte de su salario en niñeras, de pelear continuamente por teléfono con su marido y como remate de aparecer un fin de semana, en la oficina con el niño. La jefa no pudo decirle nada a aquella empleada, que no hacía más que repetir que lo sentía.

Kim Ji-young empezó su primer proyecto oficial. Tenía que escribir un comunicado de prensa a partir de los resultados de un análisis realizado por una compañía de ropa de cama ecológica sobre los contaminantes existentes en las sábanas usadas en los hogares. Quiso hacer el mejor trabajo posible, por lo que se pasó dos noches seguidas en vela para escribir un comunicado de prensa de dos páginas. La jefa dijo que estaba bien escrito. No obstante, comentó que tenía un tono demasiado periodístico, que lo que necesitaba no era un reportaje de prensa, sino un texto que estimulara a los periodistas a realizar un reportaje, y le mandó reescribirlo. Kim Ji-young se pasó otra noche en vela. Esta vez la jefa la felicitó sinceramente. El comunicado de prensa fue distribuido a los medios sin mucho retoque y los diarios, las revistas femeninas y hasta los informativos de importantes canales de televisión difundieron reportajes basándose en ese texto. Kim Ji-young ya no preparaba café por las mañanas ni colocaba los cubiertos ni traía vasos para otros, y nadie decía nada.

Disfrutaba de su trabajo y se llevaba bien con sus compañeros. Lo único que le causaba dificultad e incomodidad era el trato con la prensa, con los clientes y con los equipos de relaciones públicas de otras empresas. La distancia entre ellos no se acortó con el paso del tiempo ni tampoco con algo más de experiencia en ese campo. Para una agencia de relaciones públicas, ellos eran siempre los que mandaban. Las personas con quienes tenía que tratar eran casi siempre hombres mayores que ocupaban cargos importantes. Se caracterizaban por tener un sentido de humor muy peculiar. Contaban los peores chistes del mundo y ella no adivinaba en qué momento debía reírse ni cómo reaccionar. Si se reía, los chistes no terminaban nunca y, si no se reía, le preguntaban insistentemente si le pasaba algo.

En un restaurante de comida tradicional adonde acudió para un almuerzo de trabajo, cuando Kim Ji-young pidió *gangdoenjang**, el gerente de la empresa, cliente de la agencia, dijo:

—¿Siendo tan joven sabes comer *gangdoenjang*? ¿La señorita Kim es también una chica *doenjang*?** Jajaja.

«Chica *doenjang*» era una expresión satírica que se refería a las mujeres que, como dependían de sus padres o de un hombre, se daban toda clase de lujos. Era uno de los numerosos neologismos que se inventaron entonces para burlarse o denigrar a las mujeres. Kim Ji-young no sabía si lo había dicho en broma o si se estaba burlando de ella. Se preguntaba si conocería el verdadero significado de esa expresión. Como el gerente reía, su empleado también rio, mientras que Kim Ji-young y la compañera que estaba con ella trataron de cambiar el tema de la conversación mostrando una sonrisa incómoda, al no poder ponerse serias porque el cliente se estaba riendo. Pero eso pasaba siempre.

En una ocasión, el equipo de relaciones públicas de una empresa bastante conocida invitó a Kim Ji-young y a su jefa a cenar. Las invitaron para agradecerles el buen trabajo que habían realizado al encargarse de las actividades conmemorativas del aniversario de la compañía, desde la planificación hasta la organización y la distribución de comunicados de prensa. En el viaje en taxi al lugar de la cena,

---

* Salsa tradicional de la gastronomía coreana hecha con pasta de soja fermentada y hervida con un poco de caldo, verduras y algún tipo de proteína, como carne de res y almejas. *(N. de la T.)*
** Pasta de soja fermentada, uno de los condimentos esenciales de la cocina coreana. *(N. de la T.)*

en una zona universitaria, la jefa manifestó claramente que no quería ir.

—Si están tan agradecidos, nos deberían pagar más o enviarnos algún obsequio. ¿Acaso no es obvio por qué nos invitan, aun cuando saben que situaciones como esta nos incomodan? Lo que pretenden es dejar claro una vez más quiénes son los que mandan. Odio esto, pero lo aguantaré una última vez.

De la empresa que había contratado los servicios de la agencia de Kim Ji-young habían acudido a la cena el director del equipo de relaciones públicas, un hombre entrado en la cincuentena; el subdirector, un hombre de unos cuarenta años; el gerente, un treintañero; y tres trabajadoras veinteañeras sin cargo. En total, eran seis. Mientras tanto, de la agencia de Kim Ji-young acudieron su jefa, uno de sus compañeros varones y ella. El director, que ya tenía la cara roja por el alcohol, actuó con excesiva alegría al ver a Kim Ji-young, y el gerente, que estaba sentado al lado de él, se levantó, se llevó consigo su vaso y sus cubiertos, y le cedió su lugar, dándole indicaciones con la mirada para que se sentara. El director rio elogiando la sagacidad de su subordinado, pero Kim Ji-young no supo bien qué hacer. Se sentía humillada y por nada del mundo quería sentarse a su lado. Exteriorizó su rechazo varias veces e insistió en que mejor se sentaba con su jefa y su compañero. Sin embargo, de nada sirvió. El subdirector y el gerente la llevaron a donde estaba el director. Su compañero se quedó mirándola nervioso, sin hacer nada, y su jefa, que había ido al baño, regresó a la mesa cuando todo ese alboroto ya había terminado. Al final, Kim Ji-young se sentó al lado del director, levantó su copa cada vez que este le servía cerveza y bebió varias veces seguidas por obligación.

El director, que decía que había sido transferido desde el departamento de desarrollo de productos al equipo de relaciones públicas hacía unos tres meses, no paró de dar consejos sobre el trabajo de relaciones públicas y *marketing* con arreglo a su experiencia. Comentó que Kim Ji-young tenía un rostro fino y una nariz estilizada, por lo que solo necesitaría una cirugía plástica para tener doble párpado y agrandar los ojos, quién sabe si lo hizo para elogiar su belleza o darle consejos sobre estética. También le preguntó si tenía novio. Entonces lanzó unos chistes subidos de tono, diciendo que son más excitantes los goles si uno los mete en una portería con portero o que puede haber mujeres que nunca lo hayan hecho, pero ninguna que lo haya hecho solo una vez. Lo peor, sin embargo, era que a ella le imponía beber constantemente. Por mucho que ella dijera que ya había bebido demasiado, que el camino hasta su casa era peligroso y que ya no quería beber más, el director insistía, diciendo que con tantos hombres a su alrededor no tenía por qué preocuparse. «El problema sois vosotros», quiso contestar, pero se tragó sus palabras y echó disimuladamente su cerveza en otro vaso o en algún recipiente vacío.

Pasada la medianoche, el director llenó el vaso de Kim Ji-young de cerveza y se levantó tambaleándose. Habló por teléfono con alguien que había contratado mediante un servicio de chóferes para personas que no están en condiciones de conducir y lo hizo en voz tan alta que resonó en todo el restaurante. Luego les dijo al resto:

—Mi hija estudia en la universidad que queda aquí cerca. Ahora está en la biblioteca y me está pidiendo que vaya a recogerla, que le da miedo regresar sola a casa. Así que, con vuestro permiso, yo me retiro. Señorita Kim Ji-young, tiene que beberse todo lo que tiene en su vaso.

Kim Ji-young sintió que la cuerda que a duras penas estaba sujetando por fin se rompía. Tu tan preciada hija pasará por lo que yo estoy pasando ahora de aquí a unos años si sigues tratándome así, dijo para sus adentros. De repente, se le subió el alcohol a la cabeza y le envió a su novio un mensaje de texto para que la viniera a recoger, pero no obtuvo respuesta.

Ya sin el director presente, el ambiente de la cena se apagó. Unos conversaban de cosas privadas y otros salían a fumar, mientras que a una de las mujeres del equipo de relaciones públicas no se la veía allí quién sabe desde hacía cuánto. Algunos querían seguir bebiendo en otro lugar, pero la jefa de Kim Ji-young rechazó la propuesta. Gracias a ella, pudieron despedirse al fin de esa gente. La jefa cogió un taxi en primer lugar y le explicó que debía regresar rápido a casa porque su madre estaba enferma. Después, Kim Ji-young y su compañero se sentaron a tomar café en una mesa exterior con sombrilla de una tienda abierta veinticuatro horas. Fue ella quien sugirió tomar café frío, creyendo que así se le iba a pasar el efecto del alcohol. Sin embargo, no ocurrió como ella esperaba, tal vez porque ya la situación incómoda había terminado y no estaba ni tensa ni nerviosa. Solo tenía sueño. Entonces se quedó dormida sobre la mesa, que estaba cubierta de manchas de comida, y ni los insultos ni las patadas de su compañero la despertaron.

En ese momento, la llamó su novio. Estaba profundamente dormida y su compañero contestó el teléfono, con la sola intención de pedirle que viniera a recogerla; pero ese fue su gran error.

—Eh... ¿Hola? Soy un compañero de trabajo de Ji-young.

—Y ella..., ¿dónde está?

—Ah. Es que está dormida y yo he atendido la llamada por ella.

—¿Que está dormida? ¿Quién diablos eres tú?

—No, no, no es lo que piensa. Creo que está malinterpretando las cosas. Es que ella ha bebido...

—Quiero hablar con ella, ¡ahora!

Su novio la cargó en la espalda y la llevó a casa sana y salva. Pero su noviazgo no quedó indemne después de aquello.

Para su fortuna, en el trabajo se encontró con gente buena y Kim Ji-young llevaba una vida laboral mucho mejor de lo imaginado, sin pasar dificultades o penas y sin cansarse demasiado. Con frecuencia invitaba a comer a su novio. Le compraba cosas, como maletines, ropa, una cartera... Hasta le pagaba el taxi a veces. Sin embargo, eran más frecuentes los días en los que su novio debía esperarla. Esperaba a que saliera del trabajo, a que llegaran días festivos y a que ella tuviera vacaciones. El problema era que Kim Ji-young no podía tomar decisiones sobre su propio horario; por ende, su novio tenía que esperar para confirmar las citas entre ambos. También esperaba sus llamadas y mensajes. Desde que ella había empezado a trabajar, la frecuencia de las llamadas y los mensajes de texto entre la pareja se había reducido abruptamente. Su novio le reprochó que no pudiera dedicar un par de minutos para enviarle un corto mensaje de texto en el metro durante los viajes al trabajo, en el baño, a la hora del almuerzo o después de comer. Kim Ji-young le dijo que lo que le faltaba no era tiempo, sino tranquilidad. Similar era la situación de otras parejas en las que una de las partes trabajaba y la otra seguía siendo estudiante. No importaba si quien trabajaba era la mujer o el hombre.

En realidad, Kim Ji-young ya se sentía mal por no poder apoyar a su novio, que estaba en el último año de estudios universitarios y empezaba a prepararse para la búsqueda de empleo. Se acordaba bien de cómo él había estado a su lado, alentándola, cuando ella estaba en esa misma situación. Esos recuerdos la llenaban de ternura. No obstante, en ese momento su vida también era como estar en un campo de batalla y no podía prestar atención al bienestar de otra persona cuando una mínima distracción podía dejarle heridas sangrientas. Así, entre ambos se acumuló la insatisfacción tan naturalmente como lo hace el polvo sobre el refrigerador o el estante del baño, que uno nota pero no limpia, sin darle mucha importancia. De esta manera, se fueron distanciando lentamente hasta que, una noche, tuvieron una fuerte discusión por aquella cena con los clientes.

Su novio era consciente de que ella nunca bebía tanto como para emborracharse, de que esa noche había bebido de más porque la habían forzado y de que ese compañero que había contestado su llamada no tenía nada con ella. Lo sabía muy bien, pero eso era lo de menos. Una chispa había salpicado el polvo seco que cubría las emociones envejecidas y, debido a esa chispa, la *belle époque* de la pareja se desvaneció de forma fútil entre llamas y tras de sí solo dejó cenizas.

Después de ese noviazgo, Kim Ji-young tuvo tres o cuatro citas a ciegas. De los hombres a los que conoció, con uno salió un par de veces más: fueron al cine y cenaron juntos. Todos esos hombres eran mucho mayores que ella, ocupaban cargos más importantes que ella y seguramente cobrarían mejores salarios. También pagaban la comida, compraban ellos las entradas al cine o a los conciertos y le hacían regalos. Pero a ninguno le permitió acercarse más de lo debido.

En la agencia donde trabajaba decían que se iba a crear un nuevo equipo de planificación. Básicamente, la agencia promocionaba sus servicios de relaciones públicas para ampliar su red de clientes y recibir encargos. Ahora bien, la intención era cambiar este proceso e idear un proyecto y proponérselo a otras empresas, que serían sus potenciales socios. Por supuesto, los proyectos no serían campañas organizadas solo una vez, sino empresas a largo plazo. La propuesta se planteaba en un momento en el que el trabajo presentaba serias limitaciones, al estar una agencia de relaciones públicas siempre sujeta a lo que pidiera u ordenara el cliente que contrataba esos servicios y al ser sus labores, por ende, casi mecánicas. El pronóstico era que, aunque no proporcionase una rentabilidad inmediata, si esa forma de trabajo se consolidaba, podría garantizar unas ganancias estables, así como el crecimiento de la compañía sin depender tanto de los clientes. La mayoría de los trabajadores —incluida Kim Ji-young— consideraba la propuesta muy atractiva. En este ambiente, su jefa asumió la dirección del equipo de planificación y Kim Ji-young manifestó ante ella su voluntad de formar parte de ese nuevo equipo.

—Sí, creo que harías un buen trabajo.

La respuesta de la jefa fue positiva, pero Kim Ji-young al final quedó excluida. Los escogidos fueron tres colegas con rango de gerente —y con reputación de ser de los más competentes de todo el personal— y dos trabajadores varones que habían entrado en la agencia junto a ella. Dentro de la empresa, ese equipo era reconocido como el más capaz e importante. Por eso, Kim Ji-young y la mujer que había entrado a trabajar con ella se sintieron más que derrotadas. En realidad, las mujeres tenían mejores evaluaciones. Es más, muchos bromeaban diciendo que por qué los hombres iban tan retrasados si habían superado la misma convocatoria que las mujeres y bajo los mismos criterios. Ciertamente, los hombres, si bien no eran pésimos en el trabajo, siempre se encargaban de los clientes con los que resultaba más fácil tratar.

Kim Ji-young, su compañera y sus dos compañeros varones, por haber entrado en la agencia al mismo tiempo, eran inseparables. Se llevaban bien y no se peleaban, aun cuando tenían personalidades muy diferentes. Sin embargo, una extraña distancia comenzó a abrirse entre ellos después de que solo los dos hombres fueran transferidos al equipo de planificación. El chat que mantenían, incluso en horas de trabajo, se interrumpió. Lo mismo pasó con la hora del café que compartían a ratos, para no ser reprendidos por sus jefes, las reuniones del almuerzo y las salidas después de la jornada laboral. Si alguna vez se encontraban en los pasillos, esquivaban la mirada hasta pasar al lado del otro y se saludaban simplemente con los ojos. Cuando no pudo soportar más la situación, su compañera, que era la mayor de los cuatro, sugirió tomar juntos unas copas después del trabajo.

Bebieron hasta tarde, pero nadie se emborrachó. Si antes hacían bromas infantiles, se quejaban de lo duro que era el trabajo y contaban chismes sobre sus otros compañeros, ese día todos estuvieron serios desde el comienzo, debido a que la compañera de Kim Ji-young confesó haber tenido una relación sentimental con alguien de la agencia.

—Pero se acabó. Así que no me preguntéis quién es. No os imaginéis cosas raras y os pido que no habléis de esto en otro lugar o con otra persona. En fin, siento que he hecho mal. Necesito consuelo.

A Kim Ji-young le vinieron a la mente los nombres de los pocos solteros que había en la agencia, hasta que de súbito pensó que podría no haber sido un hombre que estuviera soltero. Entonces le dio un fuerte dolor de cabeza. Los dos compañeros se bebieron sus cervezas de un trago. De repente, uno de ellos dijo estar preocupado por su hermano, que seguía sin encontrar trabajo después de haberse graduado el año anterior. Aludió al préstamo estudiantil que había recibido y que todavía no había logrado saldar, y expresó dudas sobre si su hermano podría algún día librarse de la deuda, pues había solicitado un importe muy grande para cubrir sus gastos académicos. El otro compañero se rascó la nuca con incomodidad.

—¿Es la hora de las confesiones? ¿También yo tengo que revelar algo? Pues creo que no sirvo para el equipo de planificación.

Esa noche, Kim Ji-young se enteró de muchas cosas. Se enteró de que la composición del equipo había reflejado al cien por cien la voluntad y la opinión del presidente de la empresa, de que la inclusión de los tres gerentes famosos por su competencia profesional fue para que el nuevo equipo se consolidara mejor y más rápido, y de que fueron escogidos solo varones porque el equipo realizaría proyectos a largo plazo. El presidente de la empresa aseveraba que, debido a la intensidad y al tipo de trabajo, era duro compatibilizar la actividad profesional con la vida matrimonial y aún peor con el cuidado de los hijos, de ahí que no consideraran colegas duraderas a las mujeres, pero tampoco planeaba invertir en mejorar las prestaciones a los trabajadores. Así, alegaba que ayudar a desarrollarse a aquellos que fuesen a aguantar en su puesto era más eficaz que propiciar las condiciones necesarias para ayudar a aquellas que en algún momento iban a renunciar a seguir trabajando. Esa era también la razón por la que delegaba el trato con clientes difíciles a Kim Ji-young y a su compañera. No era porque confiara más en ellas, sino porque no quería fatigar a los empleados varones con quienes debía trabajar tanto tiempo.

Kim Ji-young tuvo la sensación de estar en un laberinto. Intentó hallar la salida con calma y respetando las reglas, pero la alertaron de que ese laberinto estaba lisa y llanamente cerrado y no tenía salida. Entonces se deprimió y otros le dijeron que tenía que esforzarse más. El objetivo de todo empresario es ganar dinero, por lo que no se le puede criticar por tratar de sacar el mayor provecho de sus inversiones. Sin embargo, ¿será justo priorizar en todo momento la eficacia inmediatamente visible? ¿Qué quedará al final en un mundo injusto? ¿Serán felices quienes permanezcan allí?

Asimismo, se enteró de que sus compañeros cobraban más que las mujeres ya desde que empezaban a trabajar. No obstante, esa información no le impactó tanto, quizá porque ya había usado toda la reserva de conmoción y decepción que tenía para esa noche. No estaba segura de si podría concentrarse en el trabajo y seguir confiando en el presidente de la agencia y en sus jefes. Aun así, a la mañana siguiente fue a la oficina como de costumbre, después de tomar algo para la resaca y de recuperar la lucidez. Cumplió con todo lo que tenía que hacer, como siempre. Pese a ello, su pasión y su confianza habían quedado mortalmente heridas.

Corea del Sur es la nación con la mayor brecha salarial entre hombres y mujeres dentro de la OCDE. Según las estadísticas de 2014, si el salario medio de los hombres fuera de 1.000 dólares, el de las mujeres de los estados miembros de esa organización internacional sería de 844, y de apenas 635 en el caso de las surcoreanas.* La revista británica *The Economist* ha informado, además, de que Corea del Sur presenta uno de los más altos índices de techo de cristal en el mundo, lo que lo convierte en uno de los países en los que las mujeres trabajadoras se topan con mayores dificultades.**

---

* «Gender wage gap», OCDE, 2014.
** Página web de *The Economist*, 3 de marzo de 2016 (http://www.economist.com/blogs/graphicdetail/2016/03/daily-chart-0).

2012-2015

Los padres de ambos se vieron para concertar los detalles de la boda en un restaurante de comida tradicional en el barrio de Gangnam, al sur de Seúl. Intercambiaron saludos formales, diciéndose «mucho gusto» y preguntando si no había sido difícil el viaje hasta la capital. Luego se hizo un largo silencio. Quien rompió el silencio fue la madre de Jeong Dae-hyeon, que empezó a alabar la conducta de Kim Ji-young, a quien había visto solo un par de veces. Dijo que le parecía una chica serena, sociable y perspicaz. Recordó cómo se había acordado de que ella no tomaba café y le había comprado té la segunda vez que se vieron, y también de lo rápido que se percató de que tenía gripe solo con escuchar su voz. Ignoraba que el té había sido una recomendación hecha por una empleada del centro comercial, considerando el presupuesto disponible, y que la pregunta de si tenía gripe la había hecho solo porque era época de cambio de estación y no porque notara algo raro en su voz. Al pensar que comportamientos sin sentido podían ser interpretados de tan diversas maneras, Kim Ji-young se sintió presionada. Pero su madre rio con orgullo, contenta de escuchar a su futura consuegra.

—La sobrevalora. Para la edad que tiene, es una niña. No sabe hacer nada.

La madre de Kim Ji-young hizo bromas que sonaron como justificaciones: «No sabe hacer nada porque yo no soporto dejar cosas pendientes y, por eso, me encargo de todo antes que los demás», «Por eso mis hijos no tuvieron oportunidad de ayudarme con los quehaceres de la casa», «Pero algo harán, o al menos cocerán arroz, si no quieren pasar hambre». La madre de su novio coincidió con ella. Los chicos de hoy son todos así, recalcó. Ambas hablaron durante un buen rato sobre cómo sus hijas estudiaban y trabajaban cómodamente, hasta que la madre de Jeong Dae-hyeon dijo al final:

—Nadie puede hacerlo todo bien desde el principio. Todos aprenden con tiempo y experiencia. Su hija también aprenderá.

No, suegra, yo no estaría tan segura. Las tareas domésticas las hace mejor su hijo, que ya tiene experiencia viviendo solo y prometió encargarse de esos quehaceres también después de casarnos. Kim Ji-young se guardó todas esas cosas dentro, calló y sonrió. Lo mismo hizo su novio.

La pareja juntó el depósito del alquiler del pequeño apartamento en el que estaba viviendo Jeong Dae-hyeon, los ahorros de ambos y el dinero de un préstamo que pidieron para arrendar un piso de unos ochenta metros cuadrados, comprar los muebles y otras cosas que necesitarían, y para costear tanto la boda como el viaje de luna de miel. Así, gracias al dinero del depósito, que era bastante cuantioso, y los ahorros que ambos habían acumulado con esfuerzo y sin despilfarrar, pudieron casarse sin pedir ayuda a sus padres. Ambos habían empezado a trabajar casi por la misma época. Sin embargo, él tenía más ahorros que ella, que vivía con sus padres y por ende no tenía gastos extra, porque ganaba más. La empresa en la que trabajaba era mucho mayor. Aun considerando las condiciones laborales tan precarias del sector al que pertenecía, Kim Ji-young nunca imaginó que la diferencia de salarios fuese tan grande. Se sintió un tanto frustrada.

La vida en pareja era mejor de lo previsto. Si bien había muchos días en los que no compartían siquiera una comida, pues ambos salían tarde del trabajo y a menudo tenían que ir a la oficina los fines de semana, a veces iban al cine a ver una película de la sesión de medianoche o se quedaban en casa y encargaban comida a domicilio. Si un fin de semana no tenían que trabajar, dormían hasta tarde y desayunaban las tostadas que preparaba Jeong Dae-hyeon, mientras se reían con el programa de cine que daban en la televisión todos los domingos por la mañana. Era como una prolongación del noviazgo o como jugar a papás y mamás.

Sucedió un miércoles, aproximadamente un mes después de la boda. Kim Ji-young regresó a casa en el último metro de la noche tras haber estado trabajando horas extra. Su marido, después de volver a casa, había preparado unos fideos instantáneos, había lavado los platos y había ordenado el refrigerador. Luego se quedó esperándola, mirando la televisión y doblando la ropa limpia. Sobre la mesa había un papel: la solicitud de inscripción de matrimonio. Lo había imprimido en la oficina y el documento ya tenía las firmas de dos testigos: dos colegas suyos. A Kim Ji-young se le escaparon unas risas.

—¿A qué se debe la prisa? Ya hemos tenido nuestra boda y estamos viviendo juntos. No va a cambiar nada con un papel.

—Cambiará el grado de compromiso.

A ella no le disgustaba que su marido se diera prisa con la inscripción de su matrimonio. Le alegraba y esperanzaba y, por eso, sentía como si un aire ligero hinchara sus pulmones, su estómago o quién sabe qué, hasta que la respuesta de su marido, como una aguja corta y afilada, creó un pequeño agujero en su corazón. Los sentimientos que se habían inflado se desinflaron lentamente. Kim Ji-young no creía que ceremonias como la boda o procedimientos legales como la inscripción del matrimonio modificasen la actitud o la manera de pensar de la gente. ¿Era su marido, que alegaba que el grado de compromiso cambiaba con la inscripción del matrimonio, un hombre responsable? ¿O acaso era ella una persona constante al afirmar que sus sentimientos no cambiarían, con o sin papeles? Kim Ji-young, aunque sentía una profunda confianza en su pareja, percibió que existía cierta distancia entre ambos.

Los dos se sentaron juntos a la mesa frente al ordenador portátil y rellenaron la solicitud. Jeong Dae-hyeon se fijó en lo que mostraba la pantalla, intentando no equivocarse al escribir en caracteres chinos el nombre del pueblo del que era originario su apellido. Hacía un primer trazo y miraba la pantalla, otro trazo y de nuevo levantaba la mirada hacia el ordenador, y así una vez tras otra. Kim Ji-young hizo lo mismo. Le pareció que era la primera vez en su vida que escribía el origen de su apellido. Rellenar las otras partes de la solicitud fue más fácil. Su marido se encargó de verificar los números de identidad de los padres de ambos y rellenó los espacios vacíos para esos datos. Llegaron así al quinto espacio en blanco de la solicitud: *¿Se han puesto de acuerdo sobre si dar a los hijos el apellido de la madre?*

—¿Cómo lo quieres hacer? —preguntó Kim Ji-young.

—¿El qué?

—Esta parte. El espacio número cinco.

Jeong Dae-hyeon leyó la pregunta cinco en voz alta. Miró a su mujer y dijo a la ligera, como si no fuera gran cosa:

—Me parece que Jeong está bien...

A finales de la década de los noventa se abrió de lleno en el país un debate sobre el sistema de familia patriarcal, en el que tanto los vínculos matrimoniales como la filiación estaban bajo la autoridad ejercida por un cabeza de familia varón. Aparecieron grupos que abogaban por la abolición de dicho sistema. Algunas personas empezaron a usar simultáneamente los apellidos paterno y materno, mientras que hubo también famosos que confesaban lo mucho que habían sufrido de niños al tener un padrastro y no llevar su apellido. En esa época adquirió popularidad una telenovela sobre una mujer que está a punto de perder a su hijo después de haberlo criado ella sola, cuando aparece de repente el padre del niño. Gracias a esa serie, Kim Ji-young entendió lo irracional que era el sistema de familia patriarcal.

Claro está, había también gente que defendía que, abolido ese sistema, las personas serían como animales que no reconocen ni a sus padres ni a sus hermanos y que en el país reinaría la inmoralidad.

Al final, el sistema de familia patriarcal quedó abolido. En febrero de 2005, la Corte Constitucional dictaminó la inconstitucionalidad de ese sistema y afirmó que transgredía el principio de igualdad de género, estipulado en la Carta Magna. Enseguida se promulgó el Código Civil revisado con modificaciones en las cláusulas relacionadas con la abolición del patriarcado, que entró en vigor el 1 de enero de 2008. En la actualidad, ya no existe tal sistema. En lugar de figurar en el registro civil bajo un patriarca, ahora cada quien aparece por separado. Los hijos no están obligados a recibir el apellido paterno y, si los padres lo acuerdan en su solicitud de inscripción de matrimonio, aquellos pueden llevar el apellido de la madre. Las leyes así lo permiten. Sin embargo, después de los sesenta y cinco casos de uso del apellido materno que hubo en 2008, cuando fue abolido el sistema de familia patriarcal, ahora se dan apenas unos doscientos cada año.

—La gran mayoría sigue usando el apellido del padre. La gente pensará que algo pasa si ve que una persona lleva el apellido materno. Y habrá que dar explicaciones y estar rectificando datos continuamente.

Tras el comentario de Kim Ji-young, su marido expresó su aprobación asintiendo con la cabeza, y ella sintió un gran vacío en su interior. El mundo había cambiado muchísimo, pero las pequeñas reglas, los pactos y las costumbres seguían sin actualizarse. En conclusión, el mundo no había cambiado tanto. Kim Ji-young reflexionó nuevamente sobre lo que había dicho su marido, que el grado de compromiso varía con el papel de inscripción de matrimonio. ¿Sería que las leyes y los marcos institucionales regulaban los valores de las personas? ¿O serían los valores los que guiaban las leyes y las instituciones?

Los padres de ambos estaban a la espera de «buenas noticias». Estos, además de otros familiares, llamaban a Kim Ji-young para preguntarle si se sentía bien cada vez que tenían sueños extraños. Así pasaron varios meses y luego empezaron a preocuparse por su salud.

Para el cumpleaños de su suegro, el primero después de la boda, parientes cercanos de su marido, que vivían en Busan, se reunieron aprovechando la ocasión de saludar a los recién casados. Mientras preparaban la comida, almorzaban y recogían los platos, a Kim Ji-young le preguntaron si no tenía noticias, por qué no las tenía y qué esfuerzos hacía para tenerlas. Contestó que aún no planeaba tener hijos, pero no la escucharon. A pesar de su respuesta, dieron por sentado que la pareja tenía dificultades y empezaron a analizar las posibles causas. Decían que a ella ya se le había pasado la edad ideal para quedarse embarazada, que estaba demasiado delgada, que era posible que no tuviera buena circulación —porque siempre tenía las manos frías—, que puede que tuviera problemas en el útero —por el grano que le había salido en la barbilla—... En fin, el problema era ella. Entonces, la tía paterna de Jeong Daehyeon le dijo a la madre de este:

—¿Y tú te has quedado así sin hacer nada, siendo la suegra? Encarga unas medicinas orientales para ayudar a tu nuera a concebir. Ha debido de sentirse desatendida durante todo este tiempo.

Ni mucho menos se sentía así. Lo que no soportaba era esa clase de situaciones. Gozaba de buena salud y no necesitaba ningún medicamento. Tenía ganas de gritar que lo que deseaba era hacer una planificación familiar, pero no con todos ellos, sino con su marido. Sin embargo, lo único que dijo fue que estaba bien.

Kim Ji-young y su marido fueron discutiendo durante todo el viaje en coche de Busan a Seúl. Ella estaba decepcionada porque su marido se había quedado callado mientras la trataban como si fuera una persona físicamente defectuosa. Él, mientras tanto, alegó que había preferido no hablar para evitar disgustar a los mayores a que el problema se hiciese más grande. No obstante, a ella le pareció carente de lógica lo que decía su marido y a él, que su mujer era demasiado quisquillosa. Lo de «quisquillosa» hirió nuevamente a Kim Ji-young. Así, los pretextos y las justificaciones generaron una reacción en cadena y la discusión empezó a dar vueltas sobre sí misma.

No pararon en ningún área de descanso y, sin detener el coche, fueron directamente al garaje que había en su edificio. Después de aparcar y de guardar silencio durante un buen rato, Jeong Dae-hyeon abrió la boca:

—Lo he pensado durante todo el viaje y creo que lo correcto es que yo dé la cara por ti cuando te encuentres en una situación incómoda o desagradable delante de mi familia, porque soy yo quien puede hablar con más libertad. Por el contrario, si ocurre algo similar conmigo y tu familia, te encargas tú de arreglarlo. En eso quedamos. Por lo que ha pasado hoy, te pido disculpas. Perdóname —ante aquello, Kim Ji-young no pudo seguir enfadada. Aunque no había hecho nada malo, se inhibió y dijo que entendía lo que decía—. Y, de hecho —señaló su marido—, hay una manera de no aguantar más esos comentarios incómodos...

—¿Cuál es?

—Tengamos un hijo. Si de todas formas lo vamos a tener algún día, ¿por qué no intentarlo ahora y así hacemos que nos dejen en paz? Tengámoslo ahora, que somos jóvenes.

Hablaba muy a la ligera, como si le estuviera proponiendo a su mujer comprar caballas de origen noruego o colgar un rompecabezas de una pintura de Klimt. Al menos esa fue la impresión que tuvo Kim Ji-young. Aunque nunca habían hablado sobre planes de familia o sobre cuándo sería el mejor momento de tener un hijo, ella, como su marido, era de esas personas que opinaban que toda pareja casada debía tener hijos. Además, su marido tenía razón. Aun así, no pudo decidirse.

Su hermana, que se había casado un año antes que ella, tampoco tenía hijos. Y como la mayoría de sus amigas estaban atrasadas en todo lo que tenía que ver con el matrimonio y la crianza de los niños, nunca había conocido a una mujer embarazada o a un recién nacido. No podía anticipar los cambios que sufriría su cuerpo ni si serían muy drásticos, pero sobre todo no tenía la seguridad de poder compatibilizar su carrera con el cuidado de un niño. A su juicio, era imposible hacerlo únicamente dependiendo de la guardería o de las niñeras y, además, tanto ella como su esposo trabajaban hasta tarde y no era raro que acudieran a la oficina también los fines de semana. Para colmo, sus padres no estaban en condiciones de ayudarla. De pronto, la abrumó un sentimiento de culpa que empezó a crecer en ella, al darse cuenta de que estaba buscando las maneras de dejarle a otra persona un niño que ni siquiera estaba en su vientre. ¿Por qué iba a desear un niño frente al cual se iba a sentir mal al pensar que no estaría cumpliendo con su rol de madre y al que ni siquiera podría criar ella misma? Al oír sus fuertes suspiros, su marido intentó animarla acariciándole los hombros.

—Prometo ayudarte en todo. Voy a cambiarle los pañales, le voy a dar el biberón y lavaré su ropita.

Kim Ji-young se esmeró en explicar con el mayor detalle posible sus emociones, su angustia sobre si podría seguir trabajando después de convertirse en madre y la culpabilidad que sentía por estar desde ya preocupándose por esas cosas. Su marido la escuchó con atención y, oportunamente, asintió con la cabeza.

—Pero piensa no solo en lo que perderás, sino en lo que ganarás. Ser padres es algo maravilloso y muy significativo. Y aunque no encontremos a nadie que pueda cuidar del niño y en el peor de los casos tengas que dejar tu trabajo, no te angusties tanto. Yo me haré cargo de todo. No te pediré que salgas y contribuyas a la economía familiar.

—¿Y tú qué pierdes?

—¿Yo?

—Me estás diciendo que no piense solo en lo que voy a perder. Pero es que realmente puedo quedarme sin nada. Puede que no conserve la juventud que tengo ahora, ni la salud, ni el trabajo, ni la vida social que llevo con mis compañeras y mis amigas. Puede que tenga que renunciar a todos mis planes, a mi futuro. Tengo razones para pensar solo en lo que voy a perder. Pero tú, ¿qué perderías?

—Yo... Umm... Yo tampoco podré vivir como ahora. Voy a tener que volver a casa temprano, así que no podré ver a mis amigos frecuentemente y me sentiré incómodo en las cenas con mis colegas o trabajando hasta tarde en la oficina. Además, estaré cansado porque tendré que ayudar con los quehaceres de la casa aun después de terminar la jornada laboral. Y como el hombre de la casa..., ¡sí!, llevaré la carga de mantenerte a ti y a nuestro hijo. La responsabilidad sobre mí será tremenda.

Kim Ji-young trató de tomarse las palabras de su marido con objetividad, sin exaltarse, tal y como sonaban, pero no pudo. En comparación con los cambios tan trascendentales que iban a tener lugar en su vida y que la iban a redirigir por completo, la lista de su marido le parecía trivial.

—Ya. Entiendo que será difícil también para ti. Pero ten en cuenta que yo no trabajo porque tú me hayas pedido que contribuya a la economía familiar. Lo hago porque me gusta, tanto trabajar como percibir un ingreso propio.

No deseaba que las cosas fueran así, pero no podía dejar de pensar que todo aquello era muy injusto.

Un fin de semana fueron a pasear a un jardín botánico que quedaba cerca de su casa. El lugar estaba repleto de unas plantas de color blanco que desconocían. Su marido le preguntó si alguna vez había visto una planta de color blanco y ella respondió que podría ser una clase de hierba aromática. Así que caminaron por ese campo blanco pisando suavemente esas hierbas. Al cabo de una larga caminata, vieron en medio del campo una cosa redonda y verde, del tamaño de la cabeza de un niño, que se erigía entre las plantas. Se acercaron y vieron que era un rábano blanco. Ahí estaba. Un rábano grande y brillante. La mitad estaba enterrada y la otra mitad sobresalía de la tierra. Kim Ji-young estiró los brazos y lo levantó. Entonces, el rábano salió limpio, casi sin tierra sobre su superficie.

El marido de Kim Ji-young le preguntó si aquello no era como un cuento infantil que había leído sobre un rábano gigante y se rio, diciendo que no podría existir un sueño más extraño. Para su sorpresa, ese sueño del rábano fue el presagio del embarazo de su mujer.

Kim Ji-young padeció las peores náuseas posibles durante todo el periodo de gestación incluso hasta el último mes y sentía ganas de vomitar con tan solo inhalar aire al bostezar. Pero no sufrió dolores ni hinchazones ni mareos. Eso sí, síntomas como mala digestión, pesadez de estómago y estreñimiento, así como punzadas en la cintura, eran permanentes. En todo caso, lo más duro de aguantar eran la fatiga y el sueño.

En su trabajo había una regla excepcional para las trabajadoras embarazadas y era que podían llegar a la oficina treinta minutos más tarde respecto al horario establecido. Por eso, cuando Kim Ji-young avisó de que estaba esperando un bebé, un compañero comentó:

—¡Qué envidia! Ahora puedes levantarte más tarde.

Quiso hablarle acerca de las náuseas interminables, de los dolores, del cansancio, del sueño y de ese estado tan incómodo en el que una ya no puede ni comer ni hacer de vientre, pero se guardó las palabras para sí. Aunque el comentario la hirió por no proyectar ni un mínimo de consideración sobre las incomodidades y los sufrimientos que implica el embarazo, se resignó al convencerse de que alguien ajeno a ella, que no fuera ni su marido ni un pariente suyo, nunca lo entendería. Ante su silencio, otro compañero le reprochó su comentario:

—Oye. Vendrá treinta minutos tarde, pero también se se va a ir a casa treinta minutos después que el resto. ¿Por qué te comportas así si todos trabajamos lo mismo?

—Pero aquí la mayoría se queda hasta después del horario establecido, así que esa media hora es un premio que ha obtenido a cambio de nada.

Indignada, Kim Ji-young dijo impulsivamente que no pensaba llegar tarde a la oficina. Que iba a respetar el horario laboral y que trabajaría tanto como los demás. Que no disfrutaría ni de un minuto más que el resto porque estuviera embarazada. Sin embargo, a los pocos días empezó a arrepentirse de haber declarado aquello sin reflexionar, y hacía el trayecto al trabajo una hora antes de lo habitual porque no podía soportar el metro atiborrado de gente durante las horas punta. Se planteó que quizá les estaba arrebatando a sus compañeras los derechos que les correspondían. Se encontraba en un dilema, en virtud del cual otras tantas trabajadoras que se hallaban en su misma situación eran tildadas de caraduras si hacían valer sus derechos o debían trabajar más duro que nunca si no querían ser objeto de críticas así.

Cuando tenía que salir de la oficina por motivos de trabajo o para acudir a las consultas ginecológicas, a menudo le cedían el asiento en el metro. Pero eso casi nunca sucedía en las horas punta. Y cada vez que se colocaba la mano en la cintura por los fuertes dolores que sentía, racionalizaba la situación argumentando que no era porque la gente fuera desconsiderada, sino porque todos estaban demasiado cansados de la vida como para mostrar una pizca de generosidad. No obstante, si se topaba con personas que expresaban disgusto o repudio con solo verla de pie frente a ellas, se acongojaba.

Una noche salió del trabajo un poco más tarde de lo normal. No había asientos vacíos en el metro, ni espacios libres cerca de los pasamanos. Apenas pudo encontrar un rincón para quedarse de pie al lado de una de las puertas del vagón, cuando una señora que parecía tener poco más de cincuenta años se fijó en su vientre y le preguntó de cuántos meses estaba. Kim Ji-young no quería ser el foco de atención, por lo que esbozó una sonrisa muy poco natural y no dio una respuesta clara. La mujer le preguntó entonces si salía del trabajo, a lo que ella contestó que sí, asintiendo con la cabeza, para inmediatamente esquivar la mirada.

—Ya empieza a dolerte la cintura, ¿verdad? Y también las rodillas y los tobillos. Te confieso que yo me hice daño en el tobillo la semana pasada subiendo una montaña y me duele aunque no haga nada. Si no fuera por eso, te cedería mi asiento. Sería bueno que alguien lo hiciera. Estás cansada, ¿verdad?

La mujer miró a las personas a su alrededor sin ningún disimulo. Incomodaba a todos y más a Kim Ji-young, que reiteradamente le decía que estaba bien. Pero no parecía escucharla, de modo que pensó en irse a otro lugar. En ese momento, la chica que estaba sentada al lado de la mujer, vestida con una chaqueta con la insignia de una universidad, se levantó con cara de fastidio y, rozándole el hombro, dijo:

—¿Cómo piensa cuidar de un hijo una mujer que tiene que trabajar y, encima, ir en metro?

A Kim Ji-young se le saltaron las lágrimas. Yo soy de esas personas que van a trabajar en metro incluso con esta tripa, pensó. Sin poder ocultar las lágrimas o dejar de llorar, se bajó con prisa en la siguiente estación. Después de sollozar durante un buen rato sentada en un banco en el andén, decidió salir a la calle. Todavía le quedaba mucho para llegar a casa y estaba en un barrio cuyas calles no reconocía. Aun así, salió. Vio una fila de taxis junto a la vereda y se subió al primero. No había nada de malo en llorar en el metro si no había allí gente que la conociera, pensó. Si bien había escogido bajar del vagón, aturdida, siempre podría haber tomado el siguiente tren. Pero se subió a un taxi. Ese día lo decidió así y punto.

La ginecóloga, cuyo vientre era mayor que el de Kim Ji-young, le dijo amablemente que preparara ropa de bebé de color rosa. La pareja no tenía preferencias en cuanto al sexo del bebé, pero era más que obvio que los abuelos deseaban un varón. Por eso, cuando se enteró de que la criatura dentro de su vientre era una niña, Kim Ji-young sintió cierto pesar al presentir que tendría que pasar por situaciones estresantes. Su madre le soltó, así sin más, que el segundo podría ser un niño, mientras que su suegra le dijo que no se preocupara, que todo estaba bien. Pero sabía que nada estaba bien.

No solo era la gente mayor la que hacía ese tipo de comentarios. Incluso mujeres de la edad de Kim Ji-young contaban como si nada que, después de tener una niña, se habían sentido nerviosas durante su segundo embarazo hasta conocer el sexo del bebé. También le dijeron que habían mantenido la cabeza alta frente a sus suegros tras tener un hijo varón o que se habían dado el lujo de comer los manjares más caros al enterarse de que en su vientre llevaban un niño. Kim Ji-young quiso proclamar que ella también mantenía la cabeza en alto, que comía todo lo que le apetecía y que eso no tenía nada que ver con el sexo del bebé, pero se calló por miedo a que el resto concluyera que actuaba así para ocultar su complejo de inferioridad.

Pese a acercarse la fecha probable de parto, Kim Ji-young seguía indecisa y no podía elegir entre pedir solo el permiso de baja por maternidad o el de baja por cuidado de los hijos, que era más largo, o bien renunciar al trabajo. La mejor opción para ella era solicitar primero el permiso de baja por cuidado de los hijos y tantear las posibilidades de armonizar su vida profesional y su vida de madre, aunque al final fuera a renunciar. Sin embargo, esa no era la mejor solución desde el punto de vista de la empresa y de sus colegas.

Kim Ji-young conversó mucho con su marido. Intercambiaron opiniones sobre quién se encargaría del cuidado de la niña, cuántos gastos adicionales tendrían y cuáles serían los pros y contras, planteando tres situaciones hipotéticas: la primera, regreso inmediato de Kim Ji-young al trabajo después de la baja por maternidad; la segunda, que ella pidiera el permiso de maternidad de un año, y la tercera, su renuncia definitiva. A menos que la pareja cambiara de trabajo, no había otra alternativa que dejar a la niña a cargo de los suegros de Kim Ji-young en Busan o contratar a una niñera a tiempo completo.

Lamentablemente, la opción de pedir a sus suegros que cuidaran de la niña no era viable. Aunque se ofrecieron a encargarse de ella, eran demasiado mayores y, para colmo, a su suegra la habían operado recientemente de una dislocación de las vértebras. La idea de tener una niñera a tiempo completo tampoco convenció a la pareja, pues esa persona, al permanecer en su casa, no sería meramente una niñera, sino alguien con quien tendrían que compartir su tiempo, su espacio y también su vida diaria. Entonces fue más que obvia su duda sobre si podrían conseguir una persona con quien disfrutar de una convivencia satisfactoria, mientras que encontrar una niñera ya de por sí no era tarea fácil. Y aunque dieran con esa persona, el gasto sería enorme. Además, ¿hasta cuándo podrían seguir con esa vida, teniendo a una niñera en casa? ¿A qué edad podría su niña ir sola al colegio y prepararse la cena? ¿Cuánta desesperación, cuántas angustias y cuánto sentimiento de culpa experimentarían durante todo ese tiempo? Al final, llegaron a la conclusión de que uno de los dos debía dejar de trabajar para hacerse cargo enteramente del cuidado de su hija y esa persona sería Kim Ji-young. No solo porque su marido tenía un trabajo más estable y mejor pagado, sino también porque lo aceptado socialmente era que el hombre trabajase y la mujer se quedase en casa cuidando de esta y de los hijos.

Fue una conclusión totalmente previsible. Aun así, Kim Ji-young se deprimió. Su marido trató de animarla.

—Cuando la niña sea un poco mayor, contrataremos a una niñera a tiempo parcial y la llevaremos a la guardería. Mientras, podrás estudiar o conseguir un nuevo trabajo. ¡Sí! ¡Eso! Podrías aprovechar esta ocasión para empezar una nueva carrera. Yo te ayudaré.

Su marido lo decía con total sinceridad. No obstante, Kim Ji-young, pese a conocer su intención, se enfadó.

—¿No puedes dejar de decir que me vas a ayudar? Me hablas de ayudar en las tareas de la casa, en el cuidado de la niña e incluso en mi posible nuevo trabajo. Pero ¿esta no es también tu casa? La niña, ¿acaso no es también tu hija? Y si trabajo, ¿gasto yo sola el dinero que gano? ¿Por qué hablas como si me estuvieras haciendo un favor?

Kim Ji-young sintió un poco de pena al enfadarse después de haber tomado una decisión difícil. Por eso se disculpó con su marido, que titubeaba y no sabía qué hacer. Este contestó que no pasaba nada.

Kim Ji-young no lloró cuando le notificó su renuncia al presidente de la agencia en la que llevaba años trabajando. Tampoco cuando su jefa manifestó que le gustaría volver a trabajar con ella algún día. No lloró cuando poco a poco fue trasladando sus pertenencias de la oficina a la casa, ni cuando sus compañeros le organizaron una fiesta de despedida, ni en su última tarde en el trabajo. Al día siguiente, su primer día en casa, calentó leche para su marido, que se iba al trabajo, se despidió de él, se metió de nuevo en la cama y se quedó dormida hasta las nueve de la mañana. Pensó en desayunar unas tostadas de camino al metro, tomar una sopa de soja molida a la hora de comer en un restaurante del que era clienta habitual, ver una película si lograba salir temprano del trabajo y retirar el dinero del plan de ahorros cuyo plazo había expirado. Sin embargo, de pronto se dio cuenta de que ya no tenía que ir a la oficina. Su vida había cambiado e intuía que, hasta que se adaptara al cambio, iba a ser imposible hacer previsiones y planes. Solo entonces se echó a llorar.

Había sido su primer trabajo. Había dado allí sus primeros pasos en el mundo. Le dijeron que el mundo era una jungla y que las verdaderas amistades no llegarían después de la época estudiantil, pero eso resultó ser cierto solo en parte. Le parecía que ese trabajo, pese a que le había hecho vivir más injusticias que alegrías y recibir recompensas demasiado pobres respecto al esfuerzo empeñado, había sido un refugio seguro, máxime porque ella ya no pertenecía a ningún lugar. Tuvo más compañeros buenos que malos. Incluso con algunos congenió mejor que con sus amigas del colegio o de la universidad, al compartir con ellos intereses y gustos similares. Aunque no era un trabajo que le reportara altos ingresos, que le permitiera alzar su voz en el mundo o crear grandes cosas, le había proporcionado satisfacción. Había experimentado una sensación de éxito mientras cumplía con su cometido y obtenía promociones. Sobre todo, había sentido una profunda satisfacción al llevar una vida independiente gracias a él y sentirse dueña de su propio destino. Pero todo eso se había acabado no porque Kim Ji-young fuera incompetente o poco diligente. Del mismo modo en que dejar a los niños con otras personas para poder trabajar no era una prueba de falta de amor, renunciar al trabajo para dedicarse al cuidado de los niños tampoco era una prueba de falta de profesionalidad o pasión.

Kim Ji-young dejó de trabajar en 2014. Ese año, una de cada diez mujeres casadas de Corea del Sur renunció a su puesto de trabajo. Los motivos fueron el matrimonio, el embarazo, la maternidad, el cuidado y la educación de los hijos.[*] La participación de las mujeres surcoreanas en la economía cae drásticamente hacia el inicio de la materni-

---

[*] Informe «La vida de la mujer según las estadísticas, 2015», Oficina Nacional de Estadística.

dad. Es más, esta tasa de participación económica, que ronda el 63,8 por ciento en las mujeres entre los veinte y los veintinueve años, desciende al 58 por ciento en la población femenina entre los treinta y los treinta y nueve años, para aumentar de nuevo al 66,7 por ciento en las mujeres mayores de cuarenta.[*]

Kim Ji-young no tuvo contracciones aun pasada la fecha probable de parto. Entonces decidieron recurrir al parto inducido, máxime porque el feto no dejaba de crecer y el líquido amniótico empezaba a disminuir. La noche anterior a su hospitalización, ella y su marido comieron cuatro raciones de carne de cerdo con arroz para cenar y se acostaron temprano. Ella no pudo conciliar el sueño. Sentía miedo y curiosidad a la vez. También se acordó de algunas anécdotas del pasado, como cuando su hermana hacía los deberes de artes plásticas, o cuando su madre le preparó comida para una excursión y olvidó el ingrediente esencial, o cuando una compañera de trabajo le compró galletas de arroz porque había visto lo que sufría por las náuseas del embarazo. Esos recuerdos le vinieron a la cabeza súbitamente, permitiéndole revivir las sensaciones y las emociones que había tenido cuando ocurrieron aquellas anécdotas. Se quedó dormida de madrugada. Durmió poco, pero tuvo varias veces el mismo sueño en el que entraba en proceso de parto.

Kim Ji-young fue al hospital a primera hora de la mañana y se cambió. Le administraron un enema, le pusieron un sensor de movimiento para fetos alrededor del vientre y la acostaron en una cama de la sala de espera para inyectarle suero e inducir el parto. El sueño la invadió en ese momento, pero cada poco aparecían dos enfermeras y una doctora

---

[*] «Choi Min-jeong: Actualidad y tareas de las políticas de apoyo a mujeres con carreras interrumpidas», Foro sobre Salud y Bienestar, septiembre de 2015, p. 63.

mientras dormitaba para chequear cuánto había dilatado y la despertaban. El chequeo era tan agresivo que daba la impresión de que querían sacar al feto con los dedos, algo muy diferente de las revisiones que solían hacerle durante el embarazo, y cada vez que la sometían a él tenía la sensación de que un huracán, un terremoto o algún otro desastre natural de ese tipo se producía dentro de su cuerpo. Lentamente empezaron los dolores desde la columna vertebral y se intensificaron con las contracciones, que se iban acortando, y Kim Ji-young entre gritos casi arrancaba las costuras de la almohada. Los dolores empeoraban en la cintura, como si fuera ella un muñeco de Lego y alguien estuviera tratando de separarle el torso de las piernas, pero aun así no había dilatado lo suficiente y la niña no daba señales de querer salir. Tras comenzar las contracciones más fuertes, repitió solo una cosa: «Quiero anestesia. Anestesia, por favor. Por favor...». La anestesia les dio a Kim Ji-young y a su marido unas dos horas y media de paz. No obstante, los dolores que la atacaron después de ese descanso fueron mucho más intensos que los anteriores.

La niña nació a las cuatro de la madrugada. Al ver lo bonita que era la criatura, Kim Ji-young lloró más que con las contracciones. Sin embargo, la bebé lloraba día y noche si no la tenía en brazos, y Kim Ji-young tenía que hacer las tareas domésticas, ir al baño y dormir llevándola a cuestas. También debía darle de mamar cada dos horas —por lo que no podía dormir más de dos horas seguidas—, además de dejar la casa más limpia que antes, lavar la ropa y las toallas de la bebé y alimentarse bien ella misma para que no se le acabara la leche materna. Mientras hacía esas tareas, lloró más fuerte que nunca. Más que nada, le dolía todo el cuerpo.

Ya no podía mover las muñecas. Por ello, un sábado por la mañana dejó a la niña con su marido y fue al ortopedista al que una vez había acudido por una lesión de tobillo. El médico, un señor mayor, le explicó que, si bien las muñecas estaban inflamadas, no era algo serio y le preguntó si realizaba trabajos en los que necesitara usarlas mucho. Kim Ji-young contestó que había dado a luz hacía poco y el ortopedista asintió, dando a entender que la comprendía.

—Es natural que las articulaciones se debiliten tras el parto. Pero si estás dando de mamar, no puedo recetarte muchos medicamentos. ¿Puedes venir a fisioterapia?

Kim Ji-young negó con la cabeza.

—No uses mucho las muñecas y trata de descansar. No hay otro remedio.

—Pero es imposible que no use las muñecas. Si tengo que cuidar a la niña, lavar la ropa y limpiar...

Ante sus silenciosas quejas, el médico lanzó una risa burlona.

—En el pasado lavaban la ropa a mano. Incluso preparaban fuego para hervir la ropa blanca y limpiaban en cuclillas. Ahora todas tienen lavadoras y aspiradoras. Las mujeres de hoy se quejan por nada.

La ropa sucia no entra caminando a la lavadora ni se echa agua y detergente sola, ni sale limpia de la máquina ni se coloca sola sobre el tendedero. Tampoco la aspiradora anda automáticamente ni lleva tras de sí un trapo mojado para fregar el suelo. ¿Sabría ese hombre usar la lavadora o la aspiradora?

Después de revisar sus antecedentes médicos, el doctor le indicó que le recetaría medicamentos que podría tomar durante la lactancia e hizo unos cuantos clics en su ordenador para emitir la prescripción. Nadie decía a la ligera que los doctores de antaño escribían a mano todo lo relacionado con los pacientes y su historial médico, y que los de ahora se quejaban sin razón de que su trabajo era duro. Tampoco que los asalariados lo tenían todo muy fácil, mientras que en el pasado tenían que presentar informes en papel e ir de director en director para obtener su visto bueno; o que los agricultores protestaban demasiado sin recordar que antes había que sembrar semillas y cortar espigas de arroz a mano. En todos los campos, la tecnología avanzaba y la demanda de mano de obra física disminuía. Pero en lo que se refería a las tareas del hogar, no muchos reconocían ese cambio. Desde que había asumido el papel de ama de casa, Kim Ji-young pensaba que la actitud de la gente hacia el cuidado del hogar era un tanto ambivalente. Unas veces lo infravaloraban y acusaban a las amas de casa de quedarse en casa sin hacer nada productivo, y otras, en cambio, lo alababan y lo describían como un trabajo que salva vidas, si bien seguían siendo reacios a cuantificarlo en dinero para que nadie tuviera que pagar su precio.

La madre de Kim Ji-young no pudo cuidar de su hija durante el periodo del posparto. El restaurante de gachas no marchaba como antes por la diversidad de ofertas que había ya en la zona y, para reducir el coste de personal, su madre se había puesto a trabajar en él. Así, el negocio se mantenía como para proporcionar a sus padres lo suficiente para financiar los estudios de su único hijo varón. La madre, cada vez que tenía tiempo, le traía comida del restaurante.

—¿Cómo puede ser que, siendo tan flaquita, hayas tenido un bebé, la des de mamar y la cuides? Estoy muy orgullosa de ti. La fuerza de una madre es grandiosa.

—Mamá, ¿cómo hiciste tú para criarme a mí y a mis hermanos? ¿No fue duro? ¿No te arrepentiste de tenernos? ¿Tan fuerte eres?

—Ni me preguntes sobre eso. De bebé, tu hermana lloraba tanto como ahora. Chillaba día y noche. Ni me acuerdo de cuántas veces tuve que ir al hospital porque no paraba de llorar. Además, erais tres. Pero tu padre ni siquiera cambiaba los pañales y yo debía servirle a tu abuela las tres comidas del día a la hora exacta. En fin, entre que tenía sueño y me dolía todo el cuerpo, tenía otras mil cosas. Viví un infierno.

Si fue tan dura su vida, ¿por qué mamá nunca habrá dicho que fue demasiado para ella? Pero no era solo su madre. Ni los parientes ni otras mujeres ni sus amigas le habían contado a Kim Ji-young con exactitud qué implicaba tener un hijo y criarlo. La televisión o las películas solo mostraban a niños bonitos y tiernos, e insistían en que una madre es bella y grandiosa. Por supuesto, Kim Ji-young iba a criar a su niña con responsabilidad y amor. Sin embargo, por nada del mundo quería escuchar a la gente decirle que estaban orgullosos de ella o que era estupenda. Consideraba que cumplidos como esos le impedirían expresar que la maternidad le parecía demasiado dura.

El año en el que se casó, en la televisión habían pasado un documental sobre partos humanizados. A partir de ello se publicaron varios libros relacionados, generando una cierta tendencia a preferir ese tipo de partos. La intención era privilegiar la voluntad de la mujer, favorecer la mínima intervención y procurar que el parto se desarrollara de la manera más natural posible. Sin embargo, el nacimiento seguía siendo un proceso difícil en el que se ponían en juego las vidas de dos personas. Por eso, Kim Ji-young optó por dar a luz en el hospital, con intervención y ayuda de profesionales médicos, pues juzgó que así estaría más segura. Estaba convencida, además, de que esa elección dependía enteramente de los valores y las condiciones de los padres, de ahí que no fuera cuestión de qué método era mejor y cuál peor. A pesar de todo, no pocos medios de prensa sembraban en las mujeres un sentimiento de culpa y angustia. Advertían que los tratamientos y las drogas que les administraban a las parturientas en los hospitales podían afectar al bebé. Gente que se tragaba pastillas por un leve dolor de cabeza y que pedía anestesia hasta para quitar lunares estaba presionando a las madres de este mundo para que aceptaran el dolor, porque todas sufren igual, y para que vencieran el miedo. Hablaban como si eso fuera amor de madre. ¿Sería aquello una religión? ¡Creed en el amor de una madre! ¡Os acercará al cielo!

—Gracias por todo, mamá. Si no fuera por ti, yo ya me habría muerto de hambre.

Kim Ji-young se limitó a darle las gracias a su madre. Nada más pudo decir a esas alturas.

Una excolega suya la visitó un día. Dijo que se había cogido el día libre y llegó con ropa para la niña, un paquete de pañales y un brillo de labios.

—¿Y este brillo de labios?

—Es el mismo que el que tengo puesto. Bonito color, ¿no? Como tenemos un tono de piel similar, nos va a ir bien a las dos —Kim Ji-young agradeció que no dijera que la maternidad no eliminaba su condición de mujer y que debía arreglarse un poco—. Lo he escogido porque pensé que te quedaría bien —le dijo. Eso fue todo. Así de simple.

Kim Ji-young se sintió feliz y en ese mismo instante se probó el brillo de labios. Realmente le quedaba bien, por lo que se puso aún más contenta.

Pidieron comida china a domicilio y conversaron sobre muchas cosas. Entre tanto, Kim Ji-young amamantó a la niña, le dio de comer, le cambió los pañales, se levantó con ella en brazos, caminó por toda la casa para calmar su llanto y, finalmente, la durmió. Su excompañera no había querido ni tocar al bebé. Decía que tenía miedo. Sin embargo, la ayudó a calentar la comida en el microondas, le dio los pañales y recogió los platos vacíos. Mientras miraba a la niña dormir, remarcó:

—Es tan tierna y tan linda... Pero no lo digo porque quiera tener una.

—Sí, es tierna y linda. Pero tampoco lo digo para sugerirte que la tengas. De verdad. De todos modos, si llegas a tener un bebé, te prometo pasarte la ropa usada de mi niña, lavada y todo.

—¿Y si es un niño?

—No tienes idea de lo cara que es la ropa para bebé. Si alguien te ofrece lo usado por su bebé, lo vas a querer sin importarte que sea rosa o de cualquier otro color.

La excolega rio a carcajadas. Kim Ji-young le preguntó por qué se había tomado el día libre. Quiso saber si no tenía mucho trabajo, y la excompañera le habló del escándalo que se había desatado al descubrirse que había una cámara oculta en el baño de mujeres en frente de su oficina. El responsable había sido un veinteañero, miembro del equipo de seguridad. Unos dos años atrás, los inquilinos del edificio habían contratado una nueva empresa de seguridad y los hombres mayores que vigilaban las entradas fueron reemplazados en su totalidad por agentes mucho más jóvenes. Unos expresaron sentirse más seguros; otros, que les parecían más peligrosos esos hombres jóvenes y fornidos que los ladrones. Kim Ji-young, por un momento, se preguntó adónde habrían ido todos esos viejos vigilantes.

La parte más repugnante fue cómo se descubrió la existencia de la cámara oculta. El agente de seguridad que la había instalado subía las imágenes tomadas a una web para adultos, con tan mala suerte que un gerente del antiguo trabajo de Kim Ji-young, suscrito a esa página web, las vio. Al gerente le resultó familiar tanto el diseño interior del baño como la forma de vestir de las mujeres en las fotos, y poco después se dio cuenta de que esas mujeres eran sus compañeras de trabajo. Sin embargo, en vez de avisar a la policía o a las víctimas, compartió las fotos con sus colegas varones. Y no se sabía aún qué fotos habían sido compartidas, cuántos las habían visto, durante cuánto tiempo habían estado intercambiándoselas y qué tipo de conversaciones habían tenido. El caso es que un empleado, que también había visto esas fotos, le insistió a su novia —que trabajaba en la misma oficina— en que debía usar los baños de otras plantas. La mujer, sospechando que había algo más, lo atosigó con preguntas hasta enterarse de lo que sucedía. Pero ella tampoco pudo denunciarlo en público, porque mantenía su noviazgo en secreto. Al final, no pudo guardarse la verdad por más tiempo y se la contó a una compañera de confianza. Esta compañera era justamente la excolega que le había hecho la visita a Kim Ji-young.

—Yo avisé a todas las mujeres. Fuimos al baño, encontramos la cámara, lo denunciamos a la policía y ahora el depravado de ese agente de seguridad y todos los pervertidos en la empresa que vieron las fotos están siendo investigados.

—¡Qué guarros! Son unos cerdos.

Kim Ji-young no pudo decir más. ¿Habrán sacado también fotos mías?, se preguntó de pronto. ¿Habrán visto fotos mías mis excolegas? ¿Estarán en internet? En ese momento, como si le estuviera leyendo el pensamiento, su excompañera le aclaró que la cámara había sido instalada ese verano, es decir, después de que ella renunciara.

—La verdad es que estoy yendo a terapia. Me comporto como si nada hubiera pasado. Río más fuerte que antes para fingir que no me afecta, pero me estoy volviendo loca. Con solo cruzar casualmente la mirada con un desconocido, me pregunto si ese hombre habrá visto fotos mías y, si alguien se ríe, siento que se está riendo de mí. Tengo la sensación de que todo el mundo me reconoce. La mayoría de las mujeres en la oficina están bajo medicación, si es que no van a terapia. Incluso una fue a emergencias tras tomar unos somníferos y otras cuatro renunciaron.

Si hubiera seguido en el trabajo, Kim Ji-young también habría sido una víctima. Estaría angustiada como sus excolegas, yendo a terapia, y finalmente habría dejado el puesto. Nunca imaginó que personas normales y corrientes podían correr el riesgo de que en internet hubiera fotos suyas tan reveladoras tan fácilmente sin siquiera enterarse de ello. Un hombre instala una cámara oculta en un baño de mujeres y otros tantos comparten las fotos tomadas allí... La excompañera de Kim Ji-young confesó que ya no podría confiar en ningún hombre.

—El colmo es que los compañeros interrogados nos han acusado a nosotras de ser demasiado duras. Dicen que los hemos tratado como a unos delincuentes sexuales, cuando no habían sido ellos quienes instalaron la cámara, y que lo único que hicieron fue ver unas fotos que estaban expuestas en un sitio de libre acceso. ¡Pero si instigaron un delito al compartir esas fotos! No son conscientes de que eso está mal.

La exjefa de Kim Ji-young, junto con otras mujeres aún en estado psicológicamente estable, empezó a tomar medidas con el asesoramiento de una organización feminista y se estaba preparando para dejar la agencia y montar una propia. Era el recurso que les quedaba tras exigir una disculpa pública, la promesa de que nunca más volvería a ocurrir algo similar y sanciones a los responsables; exigencias, por otro lado, que el presidente de la empresa rechazó con la sola pretensión de tapar el caso. Preguntó qué pasaría con la agencia si el escándalo saliera a la luz. ¿Estarían satisfechas al arruinarle la vida a sus compañeros, que son también maridos, padres e hijos? ¿No sería igualmente malo para ellas que la gente se enterara de que hay fotos reveladoras suyas circulando por internet? Era increíble que un hombre que aparentaba tener una mente mucho más moderna que sus contemporáneos escupiera comentarios tan anticuados o egoístas. La exjefa de Kim Ji-young explotó:

—Su condición de maridos, padres e hijos no es una razón para perdonarlos. Es una razón para no comportarse de esa manera. Lo primero, debería cambiar usted su manera de pensar. Si se aferra a esos valores, aunque se libre de esta, se va a enfrentar a otros escándalos similares en el futuro. Es consciente de que no impartió entre su personal una debida educación sobre abuso sexual, ¿no?

En realidad, la exjefa de Kim Ji-young tenía miedo y estaba exhausta. Como ella, las otras víctimas involucradas deseaban cerrar pronto el caso y volver a la normalidad. Mientras los agresores se mortificaban y temían sufrir una pequeña pérdida, las víctimas debían luchar asumiendo que podrían perderlo todo.

Después de que su hija cumpliera un año, Kim Ji-young empezó a llevarla a la guardería. Para su sorpresa, la niña se adaptaba bien. La dejaba en la guardería a las nueve y media de la mañana y la recogía antes de la una de la tarde, después de que la pequeña desayunara y merendara allí. Entonces la bañaba y la acostaba para que se echara una siesta. Aparte del tiempo que se tomaba para llevar a la niña a la guardería y traerla de vuelta, disponía de tres horas libres. Sin embargo, no podía aprovechar ese tiempo solo para ella, pues debía lavar la ropa y los platos, limpiar la casa y preparar la comida para su hija. Muy raras veces podía tomarse siquiera una taza de café.

En realidad, el tiempo libre de las mujeres que se dedican a tiempo completo al cuidado de hijos menores de dos años es de aproximadamente cuatro horas y diez minutos al día, mientras que el de las mujeres que dejan a sus hijos a cargo de instituciones de cuidado infantil es de cuatro horas y veinticinco minutos. En otras palabras, hay una diferencia muy reducida de apenas quince minutos. Esto significa que la mujer, aunque dependa de una institución de cuidado infantil, no puede descansar, ya que sus opciones son solo dos: realizar las tareas del hogar con el niño o sin él.* Por supuesto, Kim Ji-young se conformaba con poder concentrarse en los quehaceres domésticos sin otras preocupaciones.

La maestra de la guardería le comentó que su hija se adaptaba bien y era tranquila, por lo que podría quedarse hasta después de la siesta. Pero Kim Ji-young le contestó que por un tiempo prefería dejarla solo hasta después del almuerzo, si bien ya empezaba a tener ganas de hacer algo

---

* «El fin de las amas de casa a tiempo completo», revista *Hankyoreh 21*, edición 948.

por sí misma, una vez que la niña se quedara en la guardería hasta por la tarde.

Antes de tener a su hija, Kim Ji-young y su marido habían saldado, con lo ahorrado gracias a los ingresos de ambos, el préstamo recibido para cubrir el cuantioso depósito de alquiler que necesitaban para arrendar una vivienda con un contrato de alojamiento sin pagos mensuales. Sin embargo, al vencer el contrato después de dos años, el dueño del apartamento les pidió una subida considerable del depósito y la pareja tuvo que recurrir a otro préstamo. Como solo uno de los dos trabajaba, no podían anticipar cuándo iban a poder tener casa propia, donde la familia no tendría que preocuparse por el dinero o por tener que mudarse. A ello había que sumar que los gastos aumentarían a medida que creciera la niña y empezara a ir a escuelas privadas. Entonces les sería más difícil costearlos. Por eso, Kim Ji-young sentía la presión de trabajar. Mientras la vivienda se iba haciendo más cara, los precios subían y los gastos de educación aumentaban, todos vivían justos de dinero, salvo que tuvieran acceso a una gran herencia o pertenecieran a la selecta minoría de profesionales con altos ingresos.

Alrededor de Kim Ji-young también había muchas mujeres que se reincorporaban al trabajo en cuanto podían dejar a sus hijos en instituciones de cuidado infantil. Había casos de mujeres que se volvían autónomas dentro del sector en el que habían trabajando anteriormente. Otras entraban en el mercado de servicios de educación privada e impartían clases particulares o en academias, pero la mayoría realizaba trabajos a tiempo parcial como cajeras, camareras, agentes de mantenimiento de purificadores de agua a domicilio y recepcionistas de *telemarketing*. La realidad era que la mitad de las mujeres que renunciaban a su trabajo se quedaban más de cinco años sin conseguir empleo. Y, si lograban ser contratadas, por lo general conseguían trabajos menos cualificados, así como de menor calidad que los que antaño habían tenido. De hecho, la comparación del antes y el después de la interrupción de la actividad laboral ilustraba que la proporción de empleos precarios en establecimientos minoristas con menos de cuatro empleados se duplicaba entre las mujeres tras retomar el trabajo. Además, era clara la disminución de mujeres en trabajos administrativos o del sector manufacturero, mientras que las empleadas para ventas y servicios de hotelería y restaurantes aumentaban. Por no hablar del nivel remunerativo.[*]

Tras implementarse la prestación universal del permiso de maternidad, la gente empezó a criticar que las madres jóvenes dejaran a sus hijos en las guarderías y se entretuvieran en cafeterías, en salones de manicura y en centros comerciales. No obstante, entre las madres de treinta y tantos años, solo una pequeña minoría podía disfrutar de ese tipo de vida. La mayoría servía comida en restaurantes, arreglaba las uñas a otras mujeres y trabajaba vendiendo en supermercados o centros comerciales a cambio de una remuneración que no superaba el salario mínimo. Después de tener a su hija, cada vez que se topaba con trabajadoras de su edad, se preguntaba si tendrían hijos, de cuántos años y a quién se los dejarían. No mucha gente aceptaba la irrefutable verdad de que la crisis, la inflación, las malas condiciones laborales y todas aquellas dificultades que plantea la vida afectaban indiscriminadamente a todo el mundo, independientemente del género.

Una mañana, Kim Ji-young dejó a su hija en la guardería y fue a hacer la compra, y en la heladería ubicada a la entrada del supermercado vio el anuncio de que estaban buscando personal. Se indicaba que el horario de trabajo era de diez de la mañana a cuatro de la tarde y que el sueldo era de 5.600 wones la hora, además de que las amas

---

* Kim Yeong-ok, «Actualidad de las mujeres con carreras interrumpidas y tareas políticas», Análisis del Mercado Laboral KEIS 2015.

de casa eran bienvenidas. Le interesó la oferta y le pareció que la mujer que servía helado en ese momento también era ama de casa. Entró al local y se compró un helado para preguntar por el anuncio. La empleada de la tienda le respondió con amabilidad. Le contó que era madre de dos hijos y que llevaba trabajando casi cuatro años mientras los niños iban a la guardería, pero que no podía seguir porque el mayor iba a empezar en primaria.

—Al estar en el interior de un edificio, entre semana no hay mucha clientela y menos cuando empieza el frío. Al principio, servir con el sacabolas me producía dolor en el brazo, pero aprendí a usarlo correctamente y no he tenido más problemas.

—Pero ¿los contratos temporales no deberían convertirse en indefinidos si un empleado mantiene el mismo trabajo durante más de dos años?

—Qué dices. ¿En qué mundo vives? Trabajos a tiempo parcial con contrato formal y con seguro laboral no existen. Te dicen: «Empiezas mañana», y listo. En eso quedan verbalmente y te hacen una transferencia a tu cuenta bancaria o a la de tu esposo. En mi caso, tengo suerte porque me van a pagar una pequeña liquidación por todos los años que he estado trabajando aquí.

La mujer parecía preocupada por Kim Ji-young, quizá porque ambas eran madres o porque esta parecía demasiado ingenua. Le pidió que la avisara lo antes posible si quería el trabajo y le dijo que retiraría el anuncio hasta que tuviera noticias de ella. Insistió en que no había muchos trabajos que una mujer pudiera realizar mientras tenía a los hijos en la guardería y que ese era el más apropiado. Kim Ji-young le respondió que lo consultaría con su marido. Pero, cuando estaba a punto de salir, la mujer le dijo:

—¿Sabes? Yo también estudié en la universidad.

Ante ese comentario tan inesperado, Kim Ji-young sintió de pronto una profunda tristeza. Las palabras de esa mujer resonaban en su cabeza. Por la noche, cuando su marido llegó a casa, le preguntó qué opinaba. Este le contestó con otra pregunta:

—¿Es algo que quieres hacer?

A decir verdad, a Kim Ji-young no le gustaban los helados. No tenía el menor interés en ellos. Tampoco creía que por ese trabajo se pondría a estudiar sobre heladería o a trabajar en algún sector relacionado. Y por muy bien que desempeñara su labor, no iba a obtener un contrato fijo, y mucho menos la ascenderían a gerente del local o la transferirían al departamento que quisiera. El sueldo aumentaría justo lo que subiese el salario mínimo legal cada año. En fin, no le prometía un futuro brillante. Eso sí, conocía los beneficios inmediatos que tendría. Para empezar, no era nada despreciable un ingreso extra de 700.000 wones para su familia, que se mantenía solo con el sueldo de su marido. Luego, aunque trabajara, no necesitaría contratar a una niñera y además podría conciliar el cuidado de la niña con el empleo. Sin embargo, no lograba llegar a una decisión.

—¿Es algo que quieres hacer? —ante la insistencia de su marido, Kim Ji-young respondió que no—. Uno no puede vivir haciendo solo lo que le apetece —dijo él—. Pero yo tengo un trabajo que realmente me gusta. Entonces, yo no puedo imponerte algo que no quieres hacer, porque ya te impedí hacer algo que realmente deseabas. De momento, esta es mi postura.

Después de diez años, Kim Ji-young estaba de nuevo sumergida en un dilema sobre su vida. Una década atrás, lo más importante eran su vocación y sus intereses. Pero esta vez debía considerar muchos otros aspectos. La mayor prioridad era el cuidado de su hija. Debía poder trabajar dejando a la niña en la guardería, sin contratar a otra persona que la ayudara con ella.

A pesar de haber trabajado en una agencia de relaciones públicas, siempre había querido ser periodista. Sabía que acceder a convocatorias para periodistas en medios de prensa consolidados le sería difícil, y mucho más superarlas.

Pero pensó que podía trabajar como periodista o columnista autónoma. La idea la entusiasmó por primera vez en mucho tiempo. Primero, investigó los cursos de formación a los que podría apuntarse. Las clases se impartían, por lo general, por la noche, a una hora ideal para que las personas que trabajaban fueran allí después de terminar su jornada. A esa hora la guardería ya no estaba abierta y ella llegaría tarde, pasada la mitad de la clase, aun cuando su marido regresara a casa puntualmente. Tanteó la posibilidad de contratar a una niñera solo para esas horas. Sin embargo, era más complicado encontrar niñeras por unas cuantas horas y por un periodo limitado que para el horario estándar. Se cansó ya ante el hecho mismo de tener que contratar a una niñera no para trabajar, sino para acudir a unas clases para formarse para trabajar. Además, los gastos adicionales que le generarían el curso y la niñera la dejaron intranquila.

Los cursos abiertos de día eran, en gran parte, para aficionados o de preparación para obtener certificados profesionales relacionados con la enseñanza infantil, como el de dar guías de lectura o el de profesora particular de redacción y de historia. ¿Estaban sugiriendo a los que tenían dinero disfrutar de sus aficiones y a los que no, enseñar a niños, ya fueran suyos o de otros? Cuando volvió a la heladería, ya tenían una nueva empleada. Kim Ji-young se juró a sí misma que la próxima vez que viera una oferta de trabajo no titubearía, independientemente de cuál fuera.

El calor había remitido por completo y se sucedieron unos días típicamente otoñales. Kim Ji-young recogió a su hija de la guardería y la puso en su carrito. Mientras empujaba el carrito para que disfrutara del sol y de la brisa antes del inicio de la época del frío, la niña se quedó dormida. Por un momento consideró regresar a casa, pero decidió seguir caminando al ver lo bonito que estaba el día. En la cafetería de la primera planta del edificio frente al parque ofrecían descuentos por la inauguración. Entró, pidió un café para llevar y se sentó en un banco del parque.

La niña dormía babeando y el café, que Kim Ji-young se estaba tomando al aire libre por primera vez en mucho tiempo, le sabía a gloria. En el banco de al lado había un grupo de oficinistas de unos treinta años. Se estaban tomando el mismo café que ella. Aun conociendo la asfixia, el cansancio y el estrés del trabajo, los envidió y se quedó mirándolos. En ese momento, uno de los miembros del grupo la miró de reojo e hizo un comentario a sus colegas en voz baja. Kim Ji-young no podía entenderlo todo, pero sí captaó algunas palabras. «Yo también querría hacer el vago y tomarme un café en el parque con el dinero que gana mi pareja...», «Qué vida la de estas madres parásitas...», «Yo con una coreana no me voy a casar...».

Kim Ji-young se apresuró a abandonar el lugar. Con las prisas hasta se derramó el café caliente sobre la mano. No se dio cuenta de que la niña se había despertado y estaba llorando. Empujó el carrito con todas sus fuerzas hasta casa. Se pasó toda la tarde atontada. Le dio a su hija sopa sin calentar y se olvidó de ponerle el pañal, de modo que esta mojó todo lo que tenía puesto. No se acordó de que tenía ropa dentro de la lavadora y tuvo que tenderla toda arrugada mientras la niña dormía. Su marido volvió a casa pasada la medianoche debido a una cena que había tenido con algunos compañeros. Al llegar, puso sobre la mesa una bolsa con pasteles en forma de pescado y rellenos con una pasta dulce de judías rojas. Y entonces Kim Ji-young recordó que no había almorzado ni cenado. Cuando le contó que no había comido en todo el día, su marido le preguntó si le pasaba algo.

—La gente me llama madre parásita.

Al escuchar su comentario, su marido reaccionó con un largo suspiro.

—Son cosas que dicen los niños de primaria por internet. Así hablan en la red, no en la vida real. Nadie habla así en realidad.

—No, te equivocas. Me lo han dicho a mí. Ahí, en el parque que está cruzando la calle. Unos hombres adultos, vestidos con traje y todo.

Kim Ji-young le contó a su marido lo que le había ocurrido por la tarde. En ese momento solo había querido escapar de la situación, abrumada por el impacto que le produjo la expresión y por la humillación recibida, pero al recordarlo allí, en casa, se puso roja y empezaron a temblarle las manos.

—Pagué mil quinientos wones por ese café. Y esos tipos lo sabían porque se estaban tomando lo mismo. ¿Es que no tengo derecho siquiera a tomar un café de ese precio? Y aunque costara un millón de wones, es asunto mío cómo gasto el dinero que gana mi marido. Yo no te he robado el dinero. He tenido una hija aguantando unos dolores que casi me matan y he renunciado a mi vida, a mi trabajo, a mi sueño y a mí misma para cuidarla. Y eso me convierte en una parásita. ¿Qué debo hacer ahora?

Su marido la abrazó suavemente. No sabía qué decirle, por eso solo le acarició la espalda, repitiendo que no pensara más en eso.

De vez en cuando, Kim Ji-young se comportaba como otra persona. Unas veces actuaba como una persona que seguía con vida; otras, como una persona ya fallecida. Pero la persona por la que se hacía pasar era todas las veces una mujer a la que conocía. No parecía estar bromeando, ni fingiendo. Realmente era esa persona.

2016

Hasta aquí la historia vital de Kim Ji-young, resumida a grandes rasgos a partir de sus declaraciones y las de su marido. Kim Ji-young viene a la consulta dos veces a la semana y cada sesión dura cuarenta y cinco minutos. Los síntomas se han hecho menos frecuentes, pero no han desaparecido del todo. Le he recetado antidepresivos y somníferos para ayudarla a controlar su depresión y su ansiedad.

Cuando por primera vez escuché hablar a su marido sobre su estado, sospeché que podría tratarse de un trastorno de identidad disociativa, una enfermedad de la que solo sabía lo que había leído. Sin embargo, tras conversar con ella llegué a la conclusión de que el suyo es un típico caso de depresión posparto seguido de otra depresión materna. Ahora que las sesiones continúan, no estoy muy seguro. No me refiero a que la paciente sea una de esas que se encierra en sí misma o muestra reacciones de rechazo. Ella no dice inmediatamente que está dolida o que ha sufrido una injusticia. Tampoco rememora sus traumas de la infancia. Aunque no suele tomar la palabra, una vez que empieza, saca hasta lo que tenía oculto en lo más profundo de su ser con expresiones claras y coherentes, sin exaltarse. Frente a los episodios de su vida que ella misma ha escogido confiarme, me he dado cuenta de que había hecho un diagnóstico prematuro. Lo que no quiere decir que estuviera equivocado, sino que vi que había todo un mundo que no conocía.

Si hubiera sido un cuarentón cualquiera, no me habría percatado de ello. Yo fui testigo de cómo mi propia mujer, una oftalmóloga licenciada en la misma facultad que yo, que era mejor estudiante que yo y que tenía grandes ambiciones, renunciaba a la cátedra universitaria, trabajaba en una clínica privada y, finalmente, abandonaba su carrera. A su lado, vi lo difícil que es vivir en este país siendo mujer, más si se tienen hijos. Pero es obvio que los hombres lo ignoran porque no son responsables del cuidado de estos; a menos que, como yo, tengan experiencias extraordinarias.

Con los suegros en otra ciudad y sus padres en Estados Unidos, mi mujer tuvo que soportar la rutina diaria de dejar al niño en la guardería y con las niñeras, que tenía que sustituir cada tanto por varias razones. Cuando por fin entró en primaria, el niño se quedaba en la escuela hasta por la tarde gracias al servicio de cuidado extraescolar. Luego, lo recogían de la academia de taekwondo, donde aprendía a saltar a la cuerda y esperaba a que su madre lo viniera a buscar. Mi mujer decía por entonces que se sentía un poco aliviada. No obstante, antes de que finalizara el semestre recibió una llamada de la dirección del colegio. El niño le había clavado un lápiz en la mano a un compañero de clase.

Le dijeron que el niño no se estaba quieto y que andaba por toda el aula durante las clases. Que escupía en la sopa y luego se la comía. Que les daba patadas a sus compañeros e insultaba a sus profesores. Mi mujer se sorprendió. Aunque él pataleaba porque no quería ir a la guardería y lloraba a menudo, pidiéndole a ella que no fuera a trabajar, no era un niño problemático. Es más, mi mujer jamás se había preocupado porque tuviera un carácter agresivo, pues si bien volvía a casa con golpes que le daban sus compañeros, él nunca les había pegado. La maestra le dijo que el niño podría padecer trastorno de déficit de atención con hiperactividad. Yo le remarqué que no, pero mi mujer no quiso hacerme caso.

—Yo soy psiquiatra —insistí—. ¿No me crees?

Después de mirarme enfurecida, ella dijo:

—Los psiquiatras dan su diagnóstico después de conversar con el paciente, mirándolo a los ojos. ¿Pero tú qué vas a saber? Si no pasas ni diez minutos con el niño en todo el día. Es más, ni en esos diez minutos que estás con él le prestas atención, solo estás mirando el móvil. ¿Puedes saber cómo está solo con verlo en la cama dormido? ¿Solo con escuchar su respiración? ¿Acaso eres adivino? ¿Eres vidente en vez de psiquiatra?

En aquel entonces, yo tenía mucho trabajo porque la clínica se había trasladado a un lugar más amplio. Por el móvil intercambiaba correos electrónicos y mensajes relacionados con el trabajo y, de paso, leía las noticias en internet. Pero nunca me entretenía con videojuegos o conversaciones triviales. De todos modos, lo que alegaba mi mujer era cierto y yo no podía contradecirla. Pese a no existir una correlación directa entre el déficit de atención del niño y la condición de mujer trabajadora de la madre, la maestra le aconsejó a mi mujer encargarse del niño a tiempo completo; al menos, durante los años iniciales de la primaria. Mi mujer decidió interrumpir su carrera. Aun así, tenía que levantarse más temprano que cuando iba al trabajo para preparar el desayuno, levantar al niño, lavarlo, darle de comer, vestirlo y llevarlo al colegio. Terminadas las clases, iba a recogerlo y, una vez en casa, recibía a las profesoras que venían a darle al niño clases de arte y de piano. Por la noche, se acostaba en la cama del pequeño. Repetía que en cuanto se pusiera mejor volvería al trabajo, que un amigo de la universidad le tenía asegurado un puesto. Poco después, al ver que el niño no mostraba señales de mejoría, llamó a ese amigo para decirle que no la esperara más.

Fue el último día del año. A mi regreso a casa después de una reunión de fin de año con unos amigos del colegio, encontré a mi mujer sentada a la mesa, escribiendo. Me fijé bien y vi que estaba resolviendo los problemas de un libro de ejercicios matemáticos del niño. Un libro colorido que tenía más ilustraciones y fotos que números.

—¿Por qué estás haciendo tú los deberes del niño?

—Estamos de vacaciones y hoy en día los estudiantes de primaria no tienen que hacer deberes durante las vacaciones, aunque, claro, tú no te has enterado.

—Entonces, ¿qué haces?

—Estoy resolviendo los problemas porque me gusta hacerlo. Las matemáticas que enseñan ahora son totalmente diferentes a las que aprendíamos nosotros de niños. Es difícil, pero me entretiene. Mira esto. Es el cuadro con los números de los autobuses urbanos de Seúl. Comparando este cuadro con el mapa y la red de rutas, uno debe descifrar qué número corresponde a qué autobús. ¿No es ingenioso?

A decir verdad, no me pareció que fuera tan divertido como para renunciar al descanso. Pero le contesté que sí sin prestar atención, porque no quería discutir y ya me estaba entrando sueño.

Un fin de semana, mientras separaba la basura, encontré un montón de libros de ejercicios de matemáticas de primaria. Todos los había resuelto mi mujer. Hasta ese momento, yo creía que los libros de ejercicios que encontraba en la caja de desechos para reciclar los había utilizado mi hijo, pero resultó que no era así. Podría haber concluido que se trataba de un peculiar pasatiempo de mi mujer, pero mi inquietud no desapareció. Mi mujer había sido una estudiante sobresaliente en matemáticas. Cuando estaba en el colegio, ganaba toda clase de concursos matemáticos, y en el último año de bachillerato sacó cien sobre cien en todos los exámenes de esa asignatura, y en la selectividad se equivocó en tan solo una pregunta. Yo no podía entender por qué una persona con esos antecedentes se empecinaba en resolver los problemas matemáticos de su hijo de primaria. Cuando le pregunté, simplemente me contestó que lo hacía porque le divertía.

—¿Cómo te van a divertir problemas de ese nivel? Son de chiste.

—Me divierten y mucho, porque a estas alturas son lo único que puedo hacer a mi manera.

Mi mujer sigue resolviendo los problemas de esos libros de ejercicios de matemáticas y yo deseo de corazón que pueda encontrar cosas más entretenidas para ella. Actividades en las que pueda destacar y con las que realmente disfrute. No algo de lo que deba ocuparse porque no hay otro remedio, sino algo que realmente quiera hacer. Deseo también que Kim Ji-young pueda encontrar una actividad así.

Miro la foto de mi familia sobre mi escritorio. Una foto que nos sacamos cuando celebramos el primer cumpleaños del niño. Una foto en la que aparece nuestro hijo tan pequeño que es irreconocible, y en la que nosotros estamos casi igual que ahora. La última foto familiar que nos tomamos. De pronto, me invade un sentimiento de culpa. Tocan a la puerta de mi consulta. Parece que alguien más se ha quedado en la oficina.

Quien entra cuidadosamente es una de las asistentes de la clínica. Una vez dentro, coloca una maceta con un cactus en la ventana y me da las gracias. También se disculpa y dice que algún día, si se da la oportunidad, le gustaría trabajar nuevamente conmigo. Yo le contesto que es una pena que se vaya y le agradezco el esfuerzo realizado. Añado algo sin sentirlo: «Vuelve más adelante para trabajar otra vez en nuestra clínica». Es el último día de trabajo de esta asistente. Si la ginecóloga le ha recomendado guardar reposo, ¿qué hará hasta tan tarde en la oficina?

—Me he quedado para ordenar las solicitudes de transferencia de pacientes.

Yo no le había preguntado nada, pero ella aclaró la razón de su presencia. Tal vez notó que estaba perplejo. Hacía un año que esa asistente había empezado a trabajar en la clínica, por recomendación del director. Después de llevar casada seis años, se había quedado por fin embarazada, pero le habían dicho que su estado era delicado. Como había sufrido varios abortos espontáneos, no quiso arriesgarse y decidió dejar el trabajo. Cuando me avisó de que iba a renunciar, me enfadé. No pude entender por qué tenía que renunciar, si unos meses de descanso podrían ser suficientes. Sin embargo, pensé en el vacío que iba a dejar en el personal cuando pidiera la baja por maternidad y en los reiterados permisos que fuese a solicitar para ausentarse o salir temprano de la oficina, porque estaba indispuesta, porque el niño estaba enfermo... En conclusión, no es tan horrible que deje ahora el trabajo, pues eso evitará las situaciones incómodas que podrían producirse más adelante.

Pero era una persona competente. Tenía un aspecto presentable, se vestía bien, tenía buen carácter y era perspicaz. Incluso había días en los que llegaba con una taza de café que pedía para mí en mi cafetería favorita, pues conocía exactamente qué tipo de café me gustaba y cómo de fuerte lo tomaba. Era una persona que alegraba el ambiente, saludaba con una sonrisa y se dirigía a todos con amabilidad. Por eso, su repentina renuncia hizo que algunos pacientes decidieran ser transferidos, pero muchos más dejaron de venir a mis sesiones. Desde el punto de vista de la clínica, es una pérdida enorme. Está claro que no es conveniente contratar a mujeres, por muy competentes y buenas personas que sean, a menos que tengan solucionado lo del cuidado de los hijos. Tendré que procurar que la nueva asistente esté soltera.

Nota de la autora

A menudo pienso que Kim Ji-young podría ser alguien de mi alrededor, alguien que vive en algún lugar cercano. Y es que todas —mis amigas, mis colegas e incluso yo misma— nos parecemos a Kim Ji-young. Confieso que mientras escribía esta novela me mortificaba la situación del personaje y me compadecía de ella. Pero sé muy bien que la forma en que fue criada y el ambiente en que creció no le permitieron vivir de otra manera. Mi vida no es muy diferente de la suya.

Mi alegato en su defensa es que Kim Ji-young, prudente y sincera al tomar sus decisiones y consciente de la responsabilidad que debe asumir de sus actos, merece una recompensa, así como el aliento de todas y todos. Merece tener mejores oportunidades y opciones de vida más diversas.

Yo soy madre de una niña cinco años mayor que la hija de Kim Ji-young. Ella dice que de mayor quiere ser astronauta, científica y escritora. Cuando mi hija crezca el mundo debe ser un lugar mejor para vivir. Confío en que sea así y en que mi trabajo consista en tratar de cambiarlo para bien, para que todas las hijas de este mundo puedan lograr un mayor crecimiento, llegar más alto y alcanzar sueños más grandiosos.

Cho Nam-joo, otoño de 2016

Este libro se terminó
de imprimir en
Barberà del Vallès, Barcelona,
en el mes de
marzo de 2024